カズオ・イシグロの世界

カズオ・イシグロの世界

KOIKE Masayo | ABE Masahiko | HIRAI Kyoko | NAKAGAWA Tomoko | ENDO Fuhito | ARAI Megumi | FUJITA Yukimi | KINOSHITA Takashi | IWATA Yoriko | TAKEI Hiromi

小池昌代｜阿部公彦｜平井杏子｜中川僚子｜遠藤不比人｜新井潤美｜藤田由季美｜木下卓｜岩田託子｜武井博美

水声社

目次

声のなかへ、降りていくと

小池昌代

カズオ・イシグロの作品には静かな熱狂があり、それがわたしをいつも魅了する。その熱狂はつまるところ、作品のなかの語り手の、「語り方」のなかにあるものである。

わたしは彼の作品の、すべてを読んだわけではない。だが少なくとも、読み得た範囲において、わたしはたちまちのうちに、語るそのひとを信頼し、好きになったし、「ついていこう」という気になった。

こんな風に語るひとに、初めて会った、それで感動した、という種類のうれしさではなかった。これはわたしの、とても個人的なことなのか、あるいは集団的な記憶なのか、よくわからないけれども、わたし自身が今まで生きてきたなかに、こんなふうに語ったひとがいた、という感触がある。

懐しいその人がいったい誰なのか、何処で出会ったのか、わたしにはまったく記憶がない。だから、そんなひとはいなかったのかもしれない。

それでもわたしは、その誰かを思い出したくなり、思い出そうとして、その欲望が、カズオ・イシグロの作品を、読み進めていきたいという気持ちにぴったりと重なる。そのような、心の運動の連鎖によって、わたしはこの作家を熱心に読んできたような気がする。

語り手たちは、必ずしも自分のことを語っているというわけではない。むしろ、語るのは、自分以外のものやひとばかり。けれどこの、「自分のことを語らない」という方法で、自己を語るという方法がある。そういう自我の、いわば凹的ありさまには、豊かで静かな吸引力がある。

小説の一人称は、俺でも僕でも私でもよいけれど、みな、自分とはなんであるのかを「告白」しながら進んでいく。でも、『日の名残り』の執事、ミスター・スティーブンスや、『わたしを離さないで』の、施設で育ったキャシーはどうか。『遠い山なみの光』や『浮世の画家』を見てもいい。彼らの語りに「告白」と言うニュアンスはない。みな、それぞれの世界に明確に所属していながら、自分はどこか透明人間であるかのように、極めて冷静にモノやコトを語り続ける。

今回、この原稿を書くにあたって、わたしは『日の名残り』を買い求めた。これについては、読んでいないという記憶があったからだ。ところが、読み始め、途中から、いや、読んだことがあるのではと思い始めた。小説を読む際、こういうことは、実際よくあることなのだろう。だが、カズオ・イシグロの作品を読む場合には、そのよくあることに、すこしの意味と価値を付け加えたくなる。

記憶について言えば人間は、忘れたり、逆に忘れられなかったり、思い出したり、勘違いしたり、創っていたりと、実にいいかげんなものだと思う。自分でも、自分の記憶について、「絶対」という言葉はなかなか使えない。読んでいないと思うそばから、今回のように、それが容易に否定される。

自分の記憶が修整されるということは困惑するが、面白く、一種、爽快な経験である。過去の自分を、全くの他者として感じることだから。

カズオ・イシグロの小説では、自分というものがわからないまま、さらに変わり続け、しかも一貫して、自分であり続け連続していくという自己の不思議さが、まさにテーマになっている、と思う。

『日の名残り』のミスター・スティーブンスを、ふたたび見つめてみよう。彼は、作家個人からも遠く離れた、あきらかに虚構のなかの語り手であり、読者であるわたしとも、国も職業も性別も違う。けれどもわたしは、彼にほとんど感情をはりつけるようにして、物語の深みへと入っていくことができる。

テキストは虚構のものであり、一つのあきらかな嘘であるにもかかわらず、この語り手は物語のなかで、わたしという読者を絶対に裏切るはずはない、嘘を言うはずはない、とわたしに思われている。なぜなら、この語り手は、わたし自身なのだから。

そう思ったのはなぜなのだろう。

そのようにまで読者に思わせ、信用させる口調、あるトーンというものがある。それは何か。詐欺師たちがこれを読んだなら、イシグロに学びたいと思うかもしれない。

様々に設定された語り手の属性――性別や職業、年齢、居住地などを、すべて排除したのち残るもの、おそらく語り手のなかに設定された自我のあり方に、読者をその気にさせる、何かが仕組まれている。

『ナイン・インタビューズ　柴田元幸と九人の作家たち』のなかに、イシグロの印象的な発言が紹介されている。「我々の大半は、みな何らかの意味で執事ではないか」というものだ。思い当たる発言である。

彼は執事を描きながら、執事を突き抜けた普遍的な人間の、普遍的な構造まで描くことになってしまった。物語の背後に、もう一枚、見えない構造があらわれてくるところは、村上春樹にも通じるものがある。

前述したように、『日の名残り』の語り手は優秀で品格を備えた執事の中の執事。国際政治の非公式会議の場所を提供するほどの名士、ダーリントン卿に仕えている。

戦後、主人の思想的なもろさや人間的脆弱さが露呈しても、一貫して、主人を愛し、敬い、服従するという姿勢を貫いている。おそろしいほどに迷いがない。まずは自分の職分を賢明に全うすることが第一であり、そのほかのことに鈍感である。たとえば女性関係。

ミス・ケントンは、スティーブンスの同僚であり、優秀な女中頭。あからさまには語らないが、彼に恋情を抱いている。彼のほうはどうか。記述はない。が、好きなのだと思う。自分の気持ちを封印するという印象でもない。そんなに美しいものではない。ただ彼は気付いていない。自分の気持ちにすら。あなたという人間はこうなのではなくって？　とミス・ケントンに、幾度も突きつけられ、自我にゆさぶりをかけられながらも、彼はそのチャンスを生かすことができない。職業的態度で、人生すべてに対応する。悲劇的だが笑ってしまう。とても不器用な人なのだ。

見えていないのか、見ないのか。ともかく、自分に自分が裏切られていく、その残酷な生のありようを、じっと抱きしめているのが、スティーブンスという男なのであり、それはどうみても、わたしのことなのである。

つまり、この語り手が、嘘を言っていないから信用できるのではなく、自分に嘘をつく、そのつきかたによって、読者は彼を、全面的に信用している。

イシグロの作品を読んでいると、過去から過去が湧き出してくるという感触を持つことが多い。

いったん過去が語られるが、その過去において、さらに過去が語られ、そのように記憶を何層かで語ることで、ひとつの記憶が厚みを帯び、意味を深めていくという具合だ。

『日の名残り』などを読んでいると、わたしは、人間の記憶の複雑さ、ランダムさ、曖昧さ、不正確さ、不確定さが懐かしくなる。これこそが、人間なのだ、と言いたくなる。

この作家にとって、物語るという行為は、思い出すという行為に等しいのではないか。しかも自分の過去をふりかえるのではなく、人間と人間の記憶の重なり合うところ、重なり合わないところを、真摯に検証し、織物を織るように過去を織っていく。小説に登場する多くの人々と、共同して「過去」を創出しようとしている。その態度は、人がこれが自分の「過去」であると思っていたところの「過去」を解体し、組み替えてしまうほどに激しいものであり、創造的で果敢な行為に見える。イシグロは人間の過去のほうから人間の現在を照らし、過去の力で、現在を、真実のほうへ、じりじりと変容させようとしているように見える。過去の捉えなおしによってひとりの人間が、まるで違ったものになってしまう、その怖ろしさと面白さ。

前掲のインタビュー集のなかで、イシグロは、作家というものは独自の声をつかまえなくてはならず、しかも、いったん見つければ終わりというのではなくて、新しい声を探し続けなければならないという趣旨のことも発言している。それはそうに違いない。だが、わたしには、この作家の書くものには一定のひとつの声が肯定的な意味において、流れ続けているような気がしてならない。作品ごとに、様々な属性を帯びてはいても、語りの質という点においては、同じ響きが感受される。

書いている人間が、これが自分の声だと思っている、ずっと下の、自分では気付かない、意識できない声。それこそは、自己を裏切るかもしれない真正の声である。

この作家が、「違う」声でありたい、と語っているときの「違う」というのは、いったい、どういうレベルをさしているのだろう。違う声というものは本当に可能なのだろうか。

もっとも作家が自作について話していることには、自分でもよくわかっていないことがあるものだし、かなり矛盾があるものだし、どこまで信用してよいのかどうかはわからない。

こんなことを言って申し訳ないが、この作家が、自作や自分について語る言葉よりもずっとなお深く、彼の作品に登場する語り手たちの語りのほうが、信頼に足るという感じもする。それは小説家の名誉である。彼らの語りに耳を傾けよ。その内容でなく、語られ方、その響き。それがわたしたちの胸を打っているのでは。

それにしても、『日の名残り』はいい作品だ。語り手だけでなく、ミス・ケントンをもわたしは信頼する。そしてダーリントン卿も。新しいご主人の、ファラディさんだって。いや、やはりわたしは、あくまでミスター・スティーブンスの語りのなかの彼らを信頼しているのであって、結局は、自分自身を信じるように、スティーブンスを信じていると言うしか、ないのだろう。

カズオ・イシグロの長電話
『わたしを離さないで』で気になること

阿部公彦

今、廃れつつある文化といえば、長電話かもしれない。といっても携帯ではなく、イエ電の方である。八〇年代までは連絡といえばまずは電話だった。かつて筆者の友人に長電話を得意とする人物がいて、一回かかってくるとたいてい一時間、場合によっては二〜三時間つづく。Mという人だった。「M氏は電話が得意ですねえ」と言うと、「うん、そう言われると嬉しいね」などというやり取りをした覚えがある。なんだ、本人も自覚済みだったのだ。

長電話には「技」が必要である。途切れることのない話題。メリハリのなさ。下手に盛り上がって、「あ〜あ、おもしろかった」などという台詞に辿りつくと、「さあ、切りましょう」の合図になってしまうから、あくまでだらだら、へらへら、ずるずるとよどみなく語り続ける。携帯ではないから移動も難しい。キャッチホンもないから邪魔も入らない。家にじっと座って受話器を握り、でも、途中で食べたり、飲んだりくらいはあり。テレビを見たり。場合によっては居眠りすることも。そうまでするのは、携帯とちがって次はいつ相手がつかまるかわからないからか。もちろん、ほんとに退屈だと切りたくなるから、そこそこの刺激も欲しい。で、突き合ったりする。M氏はこちらが言ったことに、「え？　そう。違うと思うね」などといちいちからんでくるのを得意としていた。

イシグロの小説には上質の長電話のようなところがある。『わたしを離さないで』のスタイルも、よどみなさ、破綻のなさ、波乱のなさといった、「なさ」という否定形で形容したくなるような一歩退いた文章術が感じられる。物語は主人公のキャシーの目を通して語られ、キャシーの心の有りさまを反映した、ちょっと受け身で出遅れ気味の、うっすらと靄のかかったような視界を特徴としている。

いわゆる「意識の流れ」というほどの気まぐれさや脈絡のなさ、「詩的さ」はない。ヴァージニア・ウルフのようなぷんぷんと匂い立つような陶酔感はなく、情緒的な中にもどこかで意識が冴え冴えとしている感じがある。心の奥底の気持ち悪い部分をどろっと露わにするような暴力性、切ったり割いたりの凄惨な分析の視線もない。じつにふつうなのである。乱れもなく、裂け目もない。ときおり貴重な物語的「瞬間」が訪れることもあるが、そこもまた、紋切り型と言っていいほどのスムーズさで書ききられる。キャシーのキャラクターも、尖ったりへこんだりした部分は目につかない。あくまでよどみなく語り続ける人なのである。なめらかで、切れ目がない。終わらない。長い長い電話のように。

クローン人間という、きわめて毒々しいけれど、それを心に響く言葉で語るのがたいへん難しいテーマを設定したことが、この小説の「たくらみ」の出発点にはあった。しかし、この問題が正面切って語られるのは、ほんとうに小説の最後の数十頁だけ。イシグロはテーマを叫ぶことによってではなく、徹底的に地面をならすことによって、つまり、いかにテーマを飛ばすかに腐心するのではなく、いかにテーマを着地させるかにこだわることで「たくらみ」を成就しようとした。その挑戦はたしかに成功している。クローン人間の培養されるヘールシャムという異常な世界の、その「尋常さ」を徹底的にイシグロは描いてみせたのである。

このやり方には、まるでマッチ棒だけで世界を作り上げてしまうような、熟練した匠の技が感じられる。一見、だらだらしてメリハリがないようでいて、実は水も漏らさぬような持続と安定の感覚に裏打ちされた世界。でも、なぜここまでこだわるのだろう、という気もする。なぜここまで精緻に、小説世界の地面をならそうとするのか。なぜ小説の形を借りた長電話をする必要があったのだろう。

気になる箇所がひとつある。

物語の潮目がちょっと変わるところである。クローンたちのための隔離施設ヘールシャムから、コテージと呼ばれる場所に舞台が移った後。語り手のキャシーはひそかにトミーに思いを寄せていたが、トミーはキャシーの親友でもあるルースと付き合っている。ヘールシャムでも恋愛沙汰はあったが、コテージに移ってからはそれがやや控えめの形をとるようになる。ルースもトミーに対し、人前でいちゃつくようなことをするかわりに、あるジェスチャーを行うようになった。

どうするかというと、相手の腕の肘の辺りを手の甲で軽く叩くのです。ちょうど、後ろを向いている誰かに、こちらを向かせようとしてやるあのしぐさです。二人が別方向に向かおうとする瞬間、女のほうから男にやるのが普通でした。この習慣は、冬まではしだいに廃れていきましたが、わたしたちが到着した頃に盛んに行われていて、ルースもそれをトミーにやりはじめました。

（146-7. 引用は土屋政雄訳による。以下同じ）

キャシーはルースがあらたに採用したこのジェスチャーが気に入らない。テレビドラマの物真似だからである。見ていると苛々する。それである日ついに、そんなつまらないことをやるな、とルースに忠告してしまう。「真似するような価値のないことよ」と（149）。これに対しルースは、「そんなことしてるの気づかなかった」ととぼけ、逆にキャシーに傷つけるようなことを言う。それでもキャシーは挑発には乗らず、いかにもトミーを密かに慕う者の言葉らしく、「トミーをおもちゃにしないで」（150）と訴える。

つまりここは、ルースとキャシーとトミーの三角関係が一気に顕在化する場面なのである。と同時に、キャシーとトミーとの間柄に、ルースという人物の性格がどう関わっているのかもはっきりしてくる。

先に気になると言ったのは、キャシーとルースのやり合いのきっかけである。キャシーはいきなりルースの仕草に腹を立てたわけではなかった。実はある出来事がきっかけとなって、キャシーは忠告を決意した。キャシーはそのときのことを次のように語る。

あの日の午後、わたしが草の上で『ダニエル・デロンダ』を読んでいて、ルースが邪魔をしてしかたがなかったとき、そろそろ誰かが指摘してやるべきだと思ったのでした。（147）

『ダニエル・デロンダ』の読書を邪魔されたのが腹に据えかねた、というのである。これだけなら単なる状況説明とも読めるのだが、このあと、さらに詳しく事の顛末が語られる箇所は以下のような具合である。

わたしが古い防水シートに腹ばいになり、申し上げたとおり『ダニエル・デロンダ』を読んでいると、そこへルースがふらりとやって来て、横にすわりました。そして、本の表紙をじろりと見て、なるほど、というふうにうなずきました。待つこと約一分。恐れていたとおり、やはり始まりました。ルースが『ダニエル・デロンダ』の粗筋をとうとうと語りはじめたのです。わたしはいまのいままで上々の気分で、ルースが来てくれたことも歓迎でしたのに、とたんにいらいらしはじめました。前に二度ほど同じことをされていましたし、ルースがほかの人にそれをやっているのも見ていました。

キャシーのなめらかでよどみない語り口からすると、この『ダニエル・デロンダ』へのこだわりはちょっと過剰にも見える。単なる状況説明の一環というだけでは済まない何かが、このジョージ・エリオットの作品への言及には隠されているのではないか、という気がしてくるのである。キャシー自身の説明は次の通りである。

いらいらの原因は、助けてあげるから感謝しなさいと言わんばかりのルースの態度です。親切めかした押しつけがましさとでも言うのでしょうか。そんな態度の背後にある理由にも、あのときのわたしはすでに薄々気づいていたように思います。初めてコテージに来てからの数カ月間に、わたしたちはなぜか読書量で何かが計れるような気がしていました。どれだけコテージに馴染んだか。新しい環境にどれだけ適応できているか。それが、読んだ本の冊数に現れる……。(148)

『ダニエル・デロンダ』と言えば、内容および文体の重さと、長さとが際だった作品である。この箇所でも『戦争と平和』と並べて語られ、「有名だけど退屈な古典」の代名詞として扱われてもいる。せっかくその古典を読み始めたというのに、ルースは意地悪にも粗筋を言おうとする。それで怒った、という展開なのである。

しかし、『ダニエル・デロンダ』への言及はさらにもう一回ある。

あの日、ルースが『ダニエル・デロンダ』の粗筋を語りはじめたとき――まあ、あまり面白い小説ではなく、別に楽しみを邪魔されたというわけではありませんでしたが――わたしは本を閉じ、起き直りました。いきなりで、ルースは驚いたでしょう。(149)

このあと、いよいよキャシーのルースに対する批難がはじまる、というところである。それにしても、『ダニエル・デロンダ』というタイトルがこうして幾度も言及されるのはどうしてなのだろう。

『ダニエル・デロンダ』の主要人物は、キリストの生まれ変わりのような無垢さと使命感を持ったダニエル・デロンダと、美貌ゆえにこそ悲劇に巻き込まれるグウェンドレン・ハーレス、そしてユダヤ民族の行く末を案ずる預言者めいたモルデカイである。イスラエル建国の礎を築いた「バルフォア宣言」で有名な英国首相バルフォアは、この作品に感銘を受け、実際にジョージ・エリオットと面会さえしている。その意味でこの作品は、二十世紀の中東問題とも深くつながっているのかもしれないのだが、そうした明白な政治性や思想性とならんで、作中ではいかにも小説的な三角関係のプロットも機能しているし、最終的には、孤児とされるダニエル・デロンダの出自をめぐる謎が、劇的な展開に結びつくことにもなる(1)。

『わたしを離さないで』では、クローン人間がノアの箱船めいた「船」に乗り込む風景が想像されたりする。クローンが、むしろ人類の生き残りを助ける世界。それは『ダニエル・デロンダ』的なルーツ探し・アイデンティティ探求がほぼ遠く無効になった世界とも見える。だからこそ、この『わたしを離さないで』の世界では『ダニエル・デロンダ』などという古典はどうしようもなく「退屈」なのだろう。しかし、にもかかわらずキャシーは『ダニエル・デロンダ』に過剰にこだわる。なぜか。

ここにはキャシーの「介護人」という役柄が関係しているのではないか、というのが筆者の解釈である。介護人に課せられるのは、「提供者」(donor)が「使命を終える」(complete)まで、その世話をするという仕事である。提供者であるルースやトミーは、人間のパーツを提供しながら少しずつ死んでいく、そういう人生を――それを「人生」と呼ぶことが可能ならだが――いかにスムースなものにするか、それが介護人の腕の見せ所なのである。

「介護人」は英語でcarer、つまり元になっているのはcareという語である。「心配する、気にかける」から「世話をする、看護する」、さらには「愛する、好む、欲する」といった語義を持つこの語は、キャシーの語り口にそのまま反映されている。土屋政雄訳がその口調をですます調で訳しているのはまったく適切で、キャシーのなめらかな語り口にこめられたやさしさや誠実さだけでなく、そのくどさや執拗さ、鈍感さ、じれったさなども含めて、たいへんうまく訳出していると思う。

キャシーという人物とその語りを象徴するcareという語は、実は『ダニエル・デロンダ』のキーワードでもある。この長大な古典に登場する人物たちのこだわり、使命感、愛憎、そして何よりも執拗で重ったるいエリオットの語り口には、careという語から発する温度感がはっきりと読める。それはエリオットの作品にいつもある鬱陶しいほどの「温み」に通ずるものであり、登場人物や、場合によっては読者に対して独特の執拗さを発揮するその文体の特性をよく表すものだ。

キャシーもまた執拗で「温み」に満ちた、care の語り口で語る人なのである。それは「使命を終える」ことを義務づけられたクローンと接する介護人としての仕事が要請する語り口なのである。とにかく持続させること。相手が生きている間は、ひたすら、生きることを手伝うこと。切れ目を作らず、先のことには触れずに、振り返らず、「今」を語りつづけること。まさに電話を切らないためにこそつづける長電話のような語りなのである。

しかし、『ダニエル・デロンダ』を読んでそれを「長電話」と形容する人はいないだろう。『ダニエル・デロンダ』はやはりプロットで書かれた小説なのである。そこにはロジックがあり、意思や倫理があり、そして神の影がほの見える。それに対し、『わたしを離さないで』にあるのはむしろプロットに対する強烈な拒絶反応である。むろん作品にはプロットがあるのだが、語り手のキャシーはそのプロットを忌避する、ということなのだ。だから彼女は長電話にこだわった。

頭の良いルースは整理が得意である。鋭い目も持っている。トミーのパートナーとしてほんとうにふさわしいのが、自分ではなくキャシーであることも見抜いていた。そういうルースは、『ダニエル・デロンダ』を粗筋で語ってしまうことで、キャシーの介護人としての持続の語りをも台無しにしようとするのである。だからこそ、キャシーは怒った。死ぬことが決まっている存在に向かって、粗筋を語ってどうするというのだろう。整理して、地図を書いて、どうなるのか。

生きている今を語るしかないではないか。care とはそういうことなのではないか。
長電話のしつこさや鬱陶しさには、寂しさや孤独から救われたいという願いがこめられている。care の語りとはそういうものなのだろう。

［註］
（1）　このあたりの事情については、最近では、「タイムズ文芸付録」二〇〇八年五月九日号で、ケネス・M・ニュートンが触れている。

［文献］
Kazuo Ishiguro, *Never Let Me Go* (New York: Knopf, 2005).
カズオ・イシグロ、土屋政雄訳『わたしを離さないで』（早川書房、二〇〇六）。
Newton, Kenneth. M., 'Commentary', *Times Literary Supplement*, May 9, 2008.

遡行するイシグロ
〈ジャパニーズネス〉と〈イングリッシュネス〉のかなたに

平井杏子

〈ホームレス〉の名を矜持とするイシグロに、作家として拠り立つ場所はどこかと尋ねることがいかにナンセンスかと知りながら、わたしたちはいくど同じ問いを繰り返してきたことだろう。そして今ではもう、答えは出たように思われる。「イシグロの〈ホーム〉は過去にしかない(1)」というピコ・ライヤーのことばがそれである。過去とはつまり、一九六〇年に五歳のイシグロが英国サリー州ギルフォードに移り住むよりも前の、長崎で祖父母とともに暮らしていた幼年期の記憶の闇がりにほかならない。

しかし、長編第一作『遠い山なみの光』(一九八二)にはその当時の長崎が描かれてはいるものの、敗戦直後という時代背景や望郷の念に動かされてのことではなく、執筆当初は「一九七〇年代のイギリス西部[2]」が舞台であったという。英国の西の地方とは、『日の名残り』(一九八九)の執事スティーヴンスが、過去の記憶へと遡行するように旅した、あのコーンウォールのことである。イシグロはデビュー当初から、小説におけるトポグラフィーの意味を否定しつづけてきた。すでに言われつづけているように、彼の関心が現実世界の様態を描くことにあるのではなく、「人生の終局にさしかかったとき、ひとが記憶というものを自分のためにどう使うか[3]」、すなわち〈過去の行為への補償的心理作用〉という、その後反復されることになる主題にあるとすれば、背景はコーンウォールであれ長崎であれ、同じだということである。だがなぜか、英国を舞台に描くという初期の構想は頓挫し、故郷の長崎にふと目を転じた段階で、イシグロは〈記憶を書きとめる〉という、それまで明確には意図していなかった、いわば副次的な目的を見出すことになる。

もとよりそれは〈記憶の長崎〉なのだから、本来実在しないはずの場所であり、「五歳までの長崎の家の情景、そして小津や成瀬巳喜男など五〇年代の映画作品からのインパクト——この二つの要素が渾然一体となって[4]」生まれた架空の土地だった。「小津映画の超伝統的な(hypertraditional)スタイルとキャラクタリゼイションは、小津が決して持てなかった、また都会的に洗練された日本人が失って久しいリアリティーへの補償的想像作用なのだ[5]」というダレル・デイヴィスのことばを借りたうえで坂口明徳は、イシグロはこの補償的想像作用に惹かれ、「小津の失われた『日本』（家族像）構築の意志は、イシグロの失われた『日本』（少年時代）構築の意志を呼び起こした」[6]と述べている。しかしもちろん、そればかりではないだろう。イシグロの内なる何かが、彼自身の言う「想像力と記憶と瞑想でこね上げられた日本」[7]の造型に彼を突き動かしたことは間違いない。

こうして、『遠い山なみの光』に現出することになったナガサキ（日本）は、「歴史家に求められるような正確さは必ずしも必要ない」[8]という作者自身の発言にも押されて、どうやら〈まがい物〉であるらしいという論評が数多く生まれた。たとえばバリー・ルイスは、夜店の光景やうどん屋を営むフジワラさんのことばを引き合いに出しながら、「このジャパニーズネスは、いったいどこまで本物なのか」[9]と首をひねりつつ、語り手のエツコとナガサキ時代に交流のあったサチコが米兵フランクのあとを追うサブプロットを、どう見ても類縁があるとは思えないプッチーニのオペラ『マダム・バタフライ』になぞらえたりもした。ブライアン・シェイファーもまたルイス同様、〈蝶々夫人〉幻想[10]から逃れ得なかった批評家のひとりである。そのほかにも、語り手エツコの娘ケイコがマンチェスターのアパートで縊死するエピソードを、日本的クリーシェイととらえ、「最後にはエツコも自殺するのではないか」[11]と揶揄まじりの発言をしたアダム・パークスのような批評家もあった。

ところがここに、面白いことがある。作者が「想像力と記憶と瞑想で」こね上げたはずのナガサキが、不思議なことに現実の長崎に酷似しているのだ。エッコが戦前暮らしていたナカガワは、イシグロの生地中川町付近の急斜面に建つ家々の姿そのままであり、市街地を走る電車の操車場や交錯する架線、ハマヤ（浜屋）デパートの食堂、夜店で賑わう路地裏、イナサ（稲佐山）の頂を目指すロープウェイと建造されたばかりのテレビ塔、展望台から見晴らす長崎港の眺め、ミツビシ（三菱）造船所から響いてくる機械音、爆心地に作られた平和公園など、地図上の方位が反転しているという興味深い事実[12]だけを除けば、五〇年代後半の長崎がそのままに再現されているのである。

とはいえそのこと自体は、さして重要な問題ではない。しかしここからふたつのことを推論することができる。ひとつは記憶のナガサキ（日本）が、イシグロが自覚していたよりもはるかに強いリアリティーをもって彼の内部で醸成されていたこと。イシグロ自身も一九八九年に長崎を再訪するまでそのことに気づかなかった。そしてもうひとつは、先述したようなイシグロの〈ジャパニーズネス〉をめぐる論議が、現実の長崎（日本）を知らない批評家たちの、ステロタイプ化された〈ジャパニーズネス〉観をもとになされたという事実である。

もちろん自らの〈日本人性〉に確信の持てなかったイシグロは、自作の〈ジャパニーズネス〉を否定することで、これらの批評と向き合った。第二作『浮世の画家』（一九八六）で、ふたたび同じ議論が沸騰すると、「技法的にも、この作品は日本的なものではなく西洋的な方法を用いて書いた小説なのです[13]」と反駁した。ケント大学で十九世紀の英文学を学び、F・R・リーヴィスのいう「人は何によって生きるか、人は何によって生きることが可能か」（『偉大な伝統』一九四九）という伝統的主題を二十一世紀に引き継ぐイシグロではあるが、ここで言う「西洋的な方法」とは、ただたんに日本文学の写実的な手法に対置した実験的な手法のことを指していると考えていいだろう。

のちにイースト・アングリア大学の修士課程創作科でコミック・ノヴェルの名手マルカム・ブラッドベリと、マジック・リアリズムの旗手アンジェラ・カーターの薫陶を受け、カフカやベケットとの相似を指摘されるイシグロは、一作目の『遠い山なみの光』から通常のリアリズム小説とは一線を画した斬新な手法を取り入れてきた。柴田元幸との対談でも、「伝統的なリアリズム小説から離れるにしても、言語においてではなく、我々が生きている日常的現実との関係において離れるようにしたい[14]」と新しい文学のかたちを模索することへの自負を示している。

そして第三作目の『日の名残り』では、結びつけられることの多い日本との臍帯を断ち切ろうとするかのように、『遠い山なみの光』で当初構想したという英国に舞台を戻し、まさに〈イングリッシュネス〉の顕現であるかのような執事スティーヴンスを生み出した。しかし、「相変わらず批評家は、私の表現の中に〈ジャパニーズネス〉を見つけたがるでしょうが[15]」という予感はあたり、このいかにも英国的な小説にイシグロの〈ジャパニーズネス〉を嗅ぎ分けようとする批評家たちの情熱には、かえって火が点じられたかに見えた。本稿の冒頭に挙げたピコ・ライヤーもそのひとりで、彼はスティーヴンスの造型について、「きっちりとした階級意識、細部へのこだわり、完璧さの追求、一心不乱に献身することなど、つまりプライドの保持と追従という点において、あまりにも英国的であるがゆえに日本人でもあり得る」[16]と興味深い発言をしている。

同様の論評をまとめて要約すれば、『遠い山なみの光』では脇役であったエツコの義父オガタさんの戦後ストーリーをメインテーマに発展させたのが『浮世の画家』のオノ・マスジの物語であり、日本を舞台にしたこれら二著の〈過去の行為への補償的心理作用〉という主題を、英国を舞台に描いたのが『日の名残り』であるとすれば、オガタ、オノ、スティーヴンスは、同じ根から生え出てきた人物ではないかということである。そしてこのことについてはイシグロ自身も、「そこに、あるていどの真実があることは確か[17]」だと認めている。

こうしてイシグロは、こんどはその過剰な〈イングリッシュネス〉ゆえに、「彼がステロタイプ化を避けようとすればするほど、それはただちにステロタイプ化される[18]」というバリー・ルイスのような批評と向き合うこととなる。しかしそれは、もともと〈無国籍性〉を標榜していたイシグロをよく理解しない発言であった。こうした批評にたいし、これまで〈西洋的手法〉との近接を口にしていたイシグロは、アラン・ヴォルダおよびキム・ヘルツィンガーのインタビュー[19]で、E・M・フォースターやイーヴリン・ウォーら伝統的作家とのプローズ・スタイルの共通性を指摘されると、これをきっぱりと否定し、『日の名残り』は〈脱イングランド小説(extra-English Novel)〉、あるいは〈超イングランド小説(super-English Novel)〉であって、〈英国的であるよりもっと英国的〉なものなのだと述べ、さらにここが重要なポイントなのだが、それらの英国作家たちとの違いは、〈アイロニック・ディスタンス〉にあるのだと語った。

しかしイシグロのいわば戦略的な〈アイロニック・ディスタンス〉は、その微妙さゆえになかなかつかみ難い。キャロライン・パティも、『日の名残り』の作者と主人公に、「イギリス人よりも・もっと・イギリス人的な・日本人・作家」、「どの・イギリス人・執事・よりも・ずっと・イギリス人的な・イギリス人・執事[20]」と、遊び心あふれる呼称をつけたが、イシグロと〈イングリッシュネス〉の微妙な距離には触れていない。ともあれ、ここに至って〈ジャパニーズネス〉と〈イングリッシュネス〉双方にたいし、同じスタンスを示したイシグロは、日本にも英国にも与しない〈ホームレス作家〉、〈無国籍《インターナショナル》作家〉、あるいは〈ボーダレス作家〉としての立場を宣明することになる。もっともこれは、『日の名残り』のブッカー賞受賞を、七〇年代末から八〇年代前半における英国文学界での〈多国籍趣味〉と、彼自身のいわゆるハイブリッド性が響きあった結果で、一九八一年のサルマン・ラシュディの『真夜中の子供たち』の受賞以来、「とつぜん誰もが、ほかにラシュディはいないかと探しはじめ[21]」たためだという、イシグロの謙虚な自覚とも無関係ではないだろう。しかし〈ホームレス〉あるいは〈無国籍〉という呼称はともかく、

〈ボーダレス〉という語におけるイシグロの〈ボーダー（境界）〉とは、そもそもどこに仮想された〈境〉であるのか、一考する必要はあると思われる。

だがそれよりもまず、〈イングリッシュネス〉とはそもそも何なのかと考えておく必要があるだろう。それは振り返って〈ジャパニーズネス〉とは何かという問題にもつながるはずだ。十九世紀末から二十世紀初頭における帝国の拡大と近代化、スコットランドやウェールズなど周縁地域における文化の独自性の見直しなど、急激な社会変化の波を受けたイングランドでは、その反動や不安から一種の文化的ナショナリズムを希求する声が高まった。「言語、文学、教育、音楽、政治、カントリーサイドにかかわる分野で、イングリッシュネスが何らかの意図をもって捏造されたという見方もある[22]」という指摘は、イシグロにおける両語の意味を考える上で参考になる。つまり、イシグロにおける追憶のナガサキと郷愁のイングランドとは、まったく等価的なものであり、〈実体がない〉という意味においてはひとつのものではないかということである。おそらくその共通する〈非在性〉のなかから、イシグロは後述するような〈ノスタルジア〉という彼の文学のコアとなるべき要素を掴み取ったに違いない。

しかしここでもう一度確認のために、〈イングリッシュネス〉にたいする、イシグロの〈アイロニック・ディスタンス〉なるものを見ておこう。たとえば、『日の名残り』に頻出する〈偉大(great)〉という語。もちろん、この語が大英帝国の歴史と不可分の関係にあることはいうまでもない。その英国の階級制のただなかに、まさに滅私奉公の体で生きるスティーヴンスは、旅で目にした美しい丘の連なりを、その静謐さ、寡黙さ、ドラマのなさゆえに〈偉大〉だと賛美した。そしてそれが、身を挺してあるじに献身する〈偉大な〉執事の〈品格〉や〈威厳〉に重ねられるとき、文脈のどこからか立ち上ってくるきな臭さ。

じつはこの語は、他の風景描写ではほとんど使われることがない。たとえば『遠い山なみの光』にもナガサキの美しい山々が描かれているが、ここでは壮大という意味を含んだ「すばらしい(magnificent)眺め[23]」と形容され、また中欧の架空の町を舞台にした『充たされざる者』(一九九五)にも、丘の頂からの美しい眺望が描かれるが、これも光輝くというニュアンスのある「すばらしい(splendid)眺め[24]」である。

だがいっぽう、『浮世の画家』では興味深い使われ方をしている箇所がある。戦前、著名な画家だったオノは、戦意発揚に与したとして戦後は一転糾弾される立場になる。娘のセツコがミヤケ・ジロウとの縁談を断られ、オノがその理由をあれこれ推量するうちに、記憶のなかのひとつの場面に行き着く。いつか道で出会ったミヤケが、自分の勤める会社の親会社の社長が、戦争に加担する事業に従業員を巻き込んだ責任をとって自死したという話をしたのだ。そのときミヤケはこう言ったのだった。社長は戦前から「偉大な[25]」人物として崇敬され、彼の自殺という行為も「偉大なことだった[26]」と。このミヤケのことばに含まれるファナティシズムは、スティーヴンスのそれと根底でつながっており、スティーヴンスと同根をもつオノも、一時期同じ熱狂に駆り立てられたことを、今はただ忘れようとしているだけなのだ。

さらに、『充たされざる者』でも〈偉大〉という語が、まさにアイロニカルに使われている。同作の登場人物たちにたいする褒め言葉として出てくるのは、〈すてきな（fine）〉、〈非凡な（remarkable）〉〈すばらしい（splendid）〉〈すぐれた（distinguished）〉など。ところが、アル中の指揮者ブロツキーの愛犬が死んだとき、パーティーの席上で人びとは滑稽なほどに熱のこもった哀悼の意をささげ、銅像を建立するプランを持ち出し、ある女性にいたっては、同世代の犬のなかで「もっとも偉大な犬[27]」と褒め称えるのである。〈犬（dog）〉とは、むろん反転した〈神（god）〉と、そこから想起される巨大な力の譬えにほかならない。さらにまた、正体不明のジャーナリストが、過去の圧政の象徴であるらしいサトラー館にライダーを連れ出して写真を撮ろうとするとき、仲間に向かって言う「写真を撮るあいだ、〈グレイト〉と叫びつづけろ[28]」ということばとも無関係ではないだろう。

このように見てくると、イシグロの〈アイロニック・ディスタンス〉は、必ずしも〈イングリッシュネス〉、あるいは〈ジャパニーズネス〉いずれかとの乖離を示すことばではないことがわかるだろう。いわばそれは、『わたしたちが孤児だったころ』（二〇〇〇）のバンクスがしきりに口にする〈世界的悪〉というような、きわめて漠然とした、〈忌避すべきもの〉に向けられたイシグロの心理的距離にほかならない。しあわせな揺籃期から、とつぜん過酷な現実世界へと連れ出された『わたしたちが孤児だったころ』のバンクスと同じ「深い失望[29]」がイシグロの心底にも沈んでいるとすれば、〈忌避すべきもの〉とは、幼年時代の記憶という枠組みの外にあるものすべて、極言すれば現実のすべてということになる。アガサ・クリスティやコナン・ドイルから、破壊された世界秩序の回復というアイディアを得たと語り、『わたしたちが孤児だったころ』を「子供のころ親しんだアガサ・クリスティのパスティーシュ[30]」と冗談めかして打ち明けるイシグロは、この現実世界にではなく、かつてほんとうに実在したかどうかさえ定かではない「世界秩序」、幼年期の〈エデン的記憶〉、彼の〈ホーム〉へと退行する夢を見つづけているのだ。

そして『日の名残り』以降に書かれた三作『充たされざる者』、『わたしたちが孤児だったころ』、『わたしを離さないで』(二〇〇五)には、そうした〈エデン的記憶〉がより濃厚に描かれるようになる。デビュー以来、伝記的読みをかたくなに否定し続けてきたイシグロだったが、そのいっぽうで、「ひじょうに不可思議であるために、私の思考や感覚を表現したというほかには、読み違えようのない小説[31]」を書きたかったと言い、あるいは、「私は常に、登場人物たちとのあいだに奇妙にねじ曲がった関係をもってきました。言うならばそこにはおそらく、一種のエモーショナルな自伝といった趣があるのでしょう[32]」とも語っている。とくに『わたしたちが孤児だったころ』は、魔都と呼ばれた上海で実業家として成功をおさめ、共同租界のイギリス館でイシグロの父親ら家族と暮らし、昭和の初めに上海航路で長崎に戻った祖父へのオマージュであり、敬愛した祖父の〈エデン的記憶〉をも取り込んだ、「エモーショナルな自伝」と呼ぶにふさわしい作品である。

一九三七年七月の盧溝橋事件の勃発を皮切りに日本軍は総攻撃を開始、八月には上海でも激しい戦闘が始まった。バンクスが飛び込んだのはそれからひと月後の上海である。清朝のアヘン禁輸措置を発端として起きたアヘン戦争、南京条約による香港の割譲、その後英国がインドを借金浸けにし、返済に中国へのアヘン輸出で得た銀をあてさせた三角交易、一九二一年の中国共産党の設立、蒋介石の台頭などがその遠景には取り込まれているが、もちろんイシグロの関心は歴史そのものにあるわけではない。

作者自身が「心理的探偵小説[33]」と称したこの小説で、語り手バンクスは虚実の皮膜も定かではない彼自身の記憶を、手にした拡大鏡で検証しようとするのだが、この拡大鏡、一八八七年のチューリッヒ製とある。それが、あのシャーロック・ホームズが『緋色の研究』でこの世に登場した年であるとすれば、先に述べたように、「破壊された世界秩序の回復」こそが、この作品の主題であるに違いない。〈信頼できない語り手〉バンクスの記述によれば、彼はケンブリッジ大学を卒業した後、ロンドンに出て探偵になり、やがて名声を得て子供時代を過ごした上海へ赴く。当時、共同租界から相次いで失踪した両親の行方を捜すためである。上海は開戦直後の騒乱と破壊のただなかにある。バンクスは子供時代に得た情報の断片から、両親はアヘン交易にからむ重大事件に巻き込まれたのだと思い込み、事件の解決こそが世界戦争前夜における極東の問題解決につながるのだと妄想をたくましくする。しかし最後には、父は愛人と駆け落ちしてシンガポールで客死し、困窮した母は上海の軍閥に身を委ねて、バンクスの養育費を英国に送り届けていたという事実がわかる。

上海に足を踏み入れたバンクスは、共同租界で暮らすあらゆる国籍の人びとが、ことあるごとに「人の視界の先に立ちはだかり、状況を見極める邪魔をする」[34]という不思議な体験をする。ホテルの舞踏室に入っていくと、つぎつぎと人に前方を遮られて部屋の様子が見えなかったというのだ。これは記憶における一種のブロック障害のようなもので、『充たされざる者』で、悪夢の迷宮の中を障害に突き当たりながら奔走するライダーの姿とも重なる。やがて明らかに精神の混濁の度を増し、爆撃によって瓦礫の山と化した街を、両親を求めて前進するバンクスの前には、破壊のあとも生なましい家の壁が、つぎつぎと立ちはだかるのである。まるで過去を手繰り寄せようとしてもできないイシグロの焦燥のようにも見える。

バンクスの行動を支えているのは、子供時代への異様なまでの執着である。探偵になったバンクスは、ある雨の日、チャリングクロス・ロードの書店で、中世の騎士物語『アイヴァンホー』の挿絵入りの本に見入っていた。するとそのとき背後に、両親の失踪後、自分をイギリスに送り届けてくれたチェンバレン大佐がいることに気づく。『アイヴァンホー』はバンクスが子供時代に愛読していた本で、隣家の日本人少年アキラと、この冒険物語を演じる遊びに興じていたのだ。この本がまるで亡霊のような導き手であるチェンバレン大佐を過去から呼び起こし、バンクスが記憶のなかへと遡行する扉の役割を果たしたともいえる。

上海時代の家の庭には草の茂る小山があり、頂の木にもたれてバンクスは、〈英国風〉の芝生とバルコニーのある白く大きな家を眺めたものだった。つまり、英国少年バンクスが、上海で英国風の我が家を眺めた記憶を、イングランドで暮らす大人のバンクスが回想するこのシーンを、いまイギリスで暮らすかつての日本人少年イシグロが長崎の家の庭や築山で遊んだ幼年時代の記憶、そして租界のイギリス館で暮らした祖父や父親の記憶と照らし合わせてみるとどうなるか。そこには、イシグロを強く過去へと誘う〈ノスタルジア〉以外の何ものもない。

隣家の日本人少年アキラとバンクスとは、まさに日本と英国ふたつの国に引き裂かれたイシグロの分身である。爆撃下の上海に舞い戻ったバンクスは、傷ついた日本兵をアキラと信じ込み助けるが、その日本兵が、日本に残してきたという五歳の子供、長崎を離れたときのイシグロと同じ五歳の少年に、「いい世界を築け」[35]というメッセージを託すとき、それは五歳のままでフリーズした記憶の中のカズオ少年に、イシグロ自身が送るエールには聞こえないだろうか。バンクス少年は、英国人のフィリップ小父さんに向かって、もっと英国人らしくなるにはどうしたらいいか《》と尋ねたことがあった。フィリップは、共同租界でさまざまな人種に囲まれて「混合型人間[36]」になること、「交じり合うこと[37]」を勧める。混合型の人間になりきるとは、まさに〈無国籍〉人間になるということではないか。

バンクスはまるで自分のなかの少年に言い聞かせるように、日本兵に向かって言う。「ひとは、子供時代のことにノスタルジックになり過ぎてはいけないよ[38]」と。すると相手はこう返す。「だいじ、とってもだいじなことだよ、ノスタルジックになるってことは。ひとはノスタルジックになるとき思い出す。ぼくたちが大人になって知ったこの世界よりも、もっといい世界を。思い出して、いい世界がまた戻ってくればいいと願う[39]」と。

日本兵のこの言葉は、「世界に対するナイーブな見方の中に、失われた理想や感動的なもの、美しいものを見るのです[40]」というイシグロの発言とひとつである。イシグロはまた、ブライアン・シェイファーの問いに答えて、彼にとっての〈ノスタルジア〉の意味について語った。シェイファーは、ジェイムズ・ジョイスと記憶について書かれたジョン・S・リカードの本に、「過去の経験を凍結するために過去へ向かい、ものごとの真の探求と弁償を促すというよりは妨げるもの[41]」という発言があったと指摘したが、イシグロは、過去の悪しき国家権力の記憶に照らし合わせて否定的に理解されることは承知しているが、彼にとっての〈ノスタルジア〉とは、「理想主義の感情的等価物[42]」であると言った。幼児期のエデン的記憶への郷愁が、破壊された世界を修復する、一種の理想的モデルとなりうるのだという、一見オプティミスティックに見えながら、深いペシミズムを孕んだことばである。

最新作の『わたしを離さないで』にも、少年時代のアルカディアの回復という主題が反復され、イシグロ自身も、「はるか昔にばらばらになってしまったものを、つなぎ合わせようとする、馬鹿げた、非現実的な野心[43]」というテーマが反復されていることを認めている。ヘイルシャムという、クローンを養育する施設での子供たちの暮らしについても、イシグロは「牧歌的な子供時代[44]」と称し、「この世界を子供時代のメタファーにしたかった[45]」と言っている。イシグロがこの作品に手をつけたのは一九九〇年のことで、その後二度の中断をはさんで二〇〇〇年に本格的な執筆を開始した。二〇〇〇年出版の『わたしたちが孤児だったころ』に「子供時代のメタファー」としての上海が描かれることになったのも、二著の時間的な重なりと関係がある。

そしてここで、「イシグロの〈ホーム〉は過去にしかない」という冒頭に掲げたピコ・ライヤーのことばに立ち戻ろう。そして過去とは、イシグロの〈エデン的記憶〉にほかならない。もしも〈ボーダレス作家〉イシグロの〈境界〉を仮想するとすれば、それはおそらく、西と東のあいだにではなく、彼の遠い記憶と現実のあわいにしかないだろう。イシグロが幼年期を過ごした長崎の家は、かつて数千本の吉野桜が植えられた温泉郷のあとで、地元の人びとにとっては、懐かしい桃源郷だったのだという[46]。なんとも不思議なぐうぜんである。

［註］

（1） Pico Lyre, "Waiting Upon History," *Partisan Review* 58-3, 1991.

（2） 青木保「英国文学の若き旗手」、『中央公論』一九九〇年三月号。

（3） Gregory Mason, " An Interview with Kazuo Ishiguro," *Contemporary Literature* 30-3, Fall 1989.

（4） 池田雅之『イギリス人の日本観』河合出版、一九九〇年三月、一七九頁。初出、「日系イギリス人作家の内なる日本――カズオ・イシグロ」、『翻訳の世界』一九八八年六、七、八月号。

（5） Darrell William Davis, " Ozu's Mother," *Ozu's Tokyo Story*, ed. David Desser, Cambridge University Press, 1997. pp.76-100. 訳文は坂口明徳氏訳による。

（6） 坂口明徳「カズオ・イシグロの中の小津安二郎の日本――カズオ・イシグロ『わたしたちが孤児だったころ』考」、『英語圏文学』二〇〇二年四月号。

（7） 池田雅之『イギリス人の日本観』一七九頁。

（8） 青木保「英国文学の若き旗手」。

（9） Barry Lewis, *Kazuo Ishiguro*, Manchester and New York: Manchester University Press, 2000. p.22.

（10） Brian W. Shaffer, *Understanding Kazuo Ishiguro*, Columbia, S.C. : University of South Carolina Press, 1998. p.21.

（11） Adam Parkes, *Kazuo Ishiguro's The Remains of the Day*, New York and London: The Continuum International Publishing Group, 2001. p.25.

（12） 拙稿「カズオ・イシグロ『遠い山なみの光』論」、『学苑』第七七三号、昭和女子大学、二〇〇五年三月、参照。

（13）池田雅之『イギリス人の日本観』一七二頁。

（14）柴田元幸『ナイン・インタビューズ――柴田元幸と九人の作家たち』アルク、二〇〇四年三月。

（15）青木保「英国文学の若き旗手」。

（16）Pico Lyre, "Waiting Upon History".

（17）Adam Parkes, *Kazuo Ishiguro's The Remains of the Day*. p. 43.

（18）Barry Lewis, *Kazuo Ishiguro*. p.74.

（19）Allan Vorda and Kim Herzinger, "An Interview with Kazuo Ishiguro," *Mississippi Review* 20, 1990.

（20）Caroline Patey, "When Ishiguro Visits the West Country: An Essay on *The Remains of the Day*", *Acme* 44-2, 1991.

（21）Allan Vorda and Kim Herzinger," An Interview with Kazuo Ishiguro".

（22）塩路有子『英国カントリーサイドの民俗誌――イングリッシュネスの創造と文化遺産』明石書店、二〇〇三年三月、一七頁。

（23）Kazuo Ishiguro, *A Pale View of Hills*, Faber & Faber, 1982. p. 105.

（24）Kazuo Ishiguro, *The Unconsoled*, Faber & Faber, 1995. p.180.

（25）Kazuo Ishiguro, *An Artist of the Floating World*, Faber & Faber, 1987. p.55.

（26）ibid. p.55.

（27）*The Unconsoled*. p.142.

（28）ibid. p.167.

（29）Brian W. Shaffer, "An Interview with Kazuo Ishiguro," *Contemporary Literature* 42-1, Spring 2001.

（30）由里幸子「二十世紀の『悪』を追う探偵――作家カズオ・イシグロ氏、新作を語る」、『朝日新聞』二〇〇一年五月三日付。

（31）　Dylan Otto Krider, "Rooted in a Small Space: An Interview with Kazuo Ishiguro," *The Kenyon Review* 20-2, Spring 1998.

（32）　Kazuo Ishiguro with F. X. Feeney. 〈http://www.writersblocpresents.com/archives/ishiguro/ishiguro.htm〉

（33）　Brian W. Shaffer, "An Interview with Kazuo Ishiguro".

（34）　Kazuo Ishiguro, *When We Were Orphans*, Faber & Faber, 2000. p.181.

（35）　ibid. p.303.

（36）　ibid. p.90.

（37）　ibid. p.91.

（38）　ibid. p.310.

（39）　ibid. p.310.

（40）　木村伊量「『失われた理想大切にしたい』――カズオ・イシグロさん語る」、『朝日新聞』二〇〇六年十月十八日付。

（41）　Brian W. Shaffer, "An Interview with Kazuo Ishiguro".

（42）　ibid.

（43）　ibid.

（44）　大野和基「インタビュー　カズオ・イシグロ――『わたしを離さないで』そして村上春樹のこと」、『文学界』二〇〇六年八月号。

（45）　同。

（46）　拙稿「カズオ・イシグロの長崎」、『文学界』二〇〇三年一二月号、および、「迷路へ、カズオ・イシグロの」、『文学空間』５－２、風濤社、二〇〇五年十一月、参照。

廃物を見つめるカズオ・イシグロ

ゴミに記憶を託す

中川僚子

1　漂着するゴミ

プラハ近郊では、一世紀ほど前まで、収集車で運ばれてきた生活ゴミたちは村の空地に山をなしていた。そんな村を日曜日ごとにタクシーで訪れては、午後の散歩をするように、フェンスに囲まれたゴミ捨て場まで歩き、眺めて帰る老夫婦がいたという。古いながらも仕立てのよい服を着た夫は足が不自由な様子で、妻に支えられて慎重な足運びで歩いていた。妻は不釣り合いなほど地味な装いだったが、自分のことなどかまう様子もなく、夫にこまやかに気を配っていた。

この老人は、かつては知る人ぞ知る著名なマイセン磁器蒐集家だったが、自分のコレクションが人手に渡るのを嫌って生前に美しいコレクションをすべて破壊し廃棄してしまい、その残骸の墓所、郊外のゴミ集積場を訪れては、廃棄物を眺めるのを習慣としていたらしい。

このエピソードはブルース・チャトウィンの小説『ウッツ』の中で、蒐集家の死とともに忽然と消えたコレクションの謎を追う語り手が、あるゴミ収集車の作業員から聞いた証言から浮かび上がった光景である。[1] なぜ、こんな場面を思い出したのか？　これが誘いとなって、ゆるやかにカズオ・イシグロの小説の一つの場面に思いをめぐらすことになったからだ。

カズオ・イシグロの『わたしを離さないで』の幕切れで、語り手のキャシー・Hは、一面の畑地の周囲に張りめぐらされた有刺鉄線に引っかかったゴミを見て涙する。

キャシー・Hは、語り手として最初から格別に読者の共感を得るような人物ではない。長年「介護者」として働き、責任を果たしてきたことに自負をもつ、感傷とは無縁で実際的な現代女性である。自分の心の中と同様、必要以上に他人の心の中を覗き見ることには興味はなく、また過去にも拘泥せず、淡々と仕事をこなしてゆく。

そのキャシーが、恋人だったトミーの訃報を聞いた数週間後、当てもなく車を走らせる。子供時代を送ったヘイルシャムの近くの懐かしいノーフォークの土地を通って、気がつくとどこにもあるようだが見知らぬ場所、何エーカーも広がる畑の前に立っている。見渡す限り、そこにあるのはどこまでも続く畑、その周囲にめぐらされた柵の平行に走る二本の有刺鉄線、数本の木、そしてキャシー自身だけだ。有刺鉄線には吹き寄せられた有象無象のゴミが引っかかり、絡まっている。木の枝にも、破れたビニールシートやら古いポリ袋の切れ端が風にはためいている。キャシーに、ふと空想の時間が訪れる。

それは浜辺で見る漂着物のようでした。風が少しずつを何マイルも何マイルも運んで、最後にこの木々と二本の鉄線に打ちつけたに違いありません。〔……〕私はゴミのことを考えていました。枝に引っかかりはためくプラスチック、柵沿いに捕らえられた奇妙なものたちが海岸線をなしています。半ば目を閉じて想像しました。この場所には私が子供のときから失ってきた一切が打ち上げられている、そして私は今ここでその前に立っている、そしてもし待ち続けるならば、やがて畑の向こうの地平線に小さな姿が現われるのだと。(2)

目前にあるのは、間違いなく役割を失い、不要となったゴミたちである。古いポリ袋はどろまみれになり、無数の穴があいて本来の機能を果たさなくなった後もなお、土に戻ることなく風に吹かれて地上のどこかしらをさ迷い続ける。畑でも、海辺でも。砂に埋もれかけながら、あるいは波に打たれながら、溶け去ることなく存在し続ける。すり切れ、ちぎれて、かつて何であったかの面影は消えてしまっても。

この一節に描かれたゴミのイメージとそれが喚起する哀切感の正体は何だろう。

2　所有すること、所有されること

その感情の淵源は、「所有」に関するものかもしれない。

かつては誰かの所有物だったはずの物たち。たとえば親との葛藤に長く苦しんだひとり娘が、両親の遺品を整理しているうちに偶然、丁寧にしまわれた旅行先各地のレストランの紙ナプキンのコレクションを見出す。娘は不可解な思いに囚われて、予定通りにまとめてゴミとして捨て去ることができない。一枚一枚に母の字で記されたその来歴を手元のノートに丹念に書き写し始め、やがて親の遺物をめぐる物語を記すことを決意する。最後の看取りのように――。精神分析学者リディア・フレムの『親の家を片づけながら』に描かれているのは、所有者を亡くして「孤児」となった物たちだ。(3) 物たちは孤児となり、もはや語られぬ物語を内に秘めたまま、ただ廃棄される日を待つ。カズオ・イシグロの小説に見出されるのも、またそうした「孤児」の物語だ。

キャシー・Hの夢想――「子供のときから失ってきた一切」が「今」「ここ」に打ち寄せられ、亡くなった恋人も彼方から戻ってくる――は、まるで自らの遺品を眺めるまなざしのようだ。

子供時代を専用の施設へイルシャムで隔離して育てられ、成長してからは、介護者として、後には提供者《ドナー》として短い半生を病院で過ごすクローンたちは、自分の私物をそもそもほとんどもっていない。ヘイルシャムでは物への執着は最小限に切り詰められていた。「創造的であること」が盛んに奨励され、生徒たちは創作に励むが、優れた作品は、学園運営の責任者「マダム」が自分の「展示室《ギャラリー》」のために持ち帰ってしまう。私物と言えば、季節ごとに開かれる「交換会」で互いに交換した作品、月に一度の「販売会」で買ったお気に入りの品々。彼、彼女らは、それらを、配布された「コレクション・ボックス」にしまう。その箱もいずれはどこかに捨て去るか、処分されるかしかない。幼なじみのルースはヘイルシャムを出た時に「コレクション・ボックス」を手放した。キャシーも物語を始める前に、自分のコレクション・ボックスを手放したのではないだろうか。

故郷ヘイルシャムは今は閉鎖されている。マダムの「展示室」行きとなった数々の傑作ももはや屑と化したに違いない。クローンたちは成人しても、子供を産むことはない。そもそも自分たちの身体からして自分のものではなく、毎週の健康診断で管理され、三度四度と「提供」をすれば、使命は完了して、存在は消し去られる。

ゴミを見つめるキャシーの眼差しは、読者のものでもある。果てしなく続く畑は懐かしく、有刺鉄線に留められ風にはためくゴミは、美しい。だが、切ないまでの哀感はクローンたちの悲しい運命への憐憫から来るのではない。

こうした自と他がふと重なる瞬間――たとえば、見知らぬ土地の一本の道に、あるいは、ふと目にとまった見知らぬ一軒の家に「私自身の一番底の部分に触れるような、ある種の親密さの感じ」を抱くこと――について、精神医学者の木村敏は、「歴史の投げ入れ」という言葉を使う。自分に無縁のもの、場所が、ふと自分の歴史に「組み込まれる」、「私が私の『歴史』を投げ入れ」る。「それを見るという行為が、見られているものの側に、あるいは私とそういったものとのあいだに、私自身の歴史のひとこまをみてしまったのである」と。[4] 物とか場所という通常は主体となり得ないものが、私たちを「見る」。それらをもっぱら対象として見ていた、主体のはずの自分が「見られる」。「見る」「見られる」という主体と客体の能動、受動の関係が一瞬揺らぎ、逆転する。テクストを読むとは、読者がテクストによって「読まれる」経験とすら言えるかもしれない。

3　かさぶただらけの廃車

「見る」が「見られる」に、「読む」が「読まれる」に入れ替わる。主体と客体の交代は、イシグロの小説世界のうちでは、しばしばそれ自体がテーマになっている。たとえば、わずか一語を別の語と入れ替える操作によって、〈自己〉と〈他者〉の対立に穴が穿たれたイシグロの長編第一作『遠い山なみの光』。現代のイギリスに生きる語り手エッツコの回想する戦後の長崎時代、彼女は預かっていた知人の娘マリコに向かって思わず母親の口調になり、「あなたたち（you）」と言うべきところを「わたしたち（we）」と言って叱ってしまうが、その瞬間、マリコの母親サチコと一体化する。(5) 戦後、サチコは米兵の恋人を頼って幼い娘の気持ちを無視したままアメリカに渡った。エッツコもまた、その何年も後、イギリス人と再婚し、異国に渡ることによって娘の人生を大きく狂わせてしまった。時も所も隔ててイギリスに暮らすエッツコの脳裏に長崎時代のマリコ母娘の姿を呼び覚ましたのは、エッツコ自身の縊死した娘に対する自責の念であったことが突然了解される。「あなたたち」を「わたしたち」に置き換えるというただ一つの操作によって、テクストは内部から転覆し、作品全体の意味は一挙に塗り替えられる。

他者が自己に、自己が他者に。内部は外部に、外部は内部に。『充たされざる者』では、対立する二項が互いに浸透しあい、歪んだ境界は捩じれ合い、絡み合う。

『充たされざる者』の世界は、時間の感覚も場所の感覚も撹乱される悪夢のような空間である。主人公である世界的名ピアニスト、ライダーは招待で訪れた中欧と思しき街の先々で、生まれ故郷のウスタシャーの幼なじみや学生時代の友人に前触れもなく遭遇する。友人たちばかりではない、自身の家族とも遭遇する。行きはぐれていたのではなく、他人と思っていた人々が、出しぬけに家族という正体を明かすのだ。

ホテルの老ポーターの娘ゾフィーは自分の妻であることが判明し、したがってゾフィーの息子ボリスは自分の息子と判明する。見知らぬ町の見知らぬ人々が、自分の家族や旧友であることを、催眠術をかけられた人間のようにライダーは受け入れて行く。時空の連続性が次々と崩落する不条理な空間で、因果も非合理も問われることなく、物語は展開を続ける。

この街に招かれた理由である「木曜の夕べ」というコンサートの前夜、乗用車にゾフィーとボリスを乗せてレセプションに向かうライダーは、会場の駐車場で伸びきった雑草の中にうち捨てられた廃車を見つける。ひと目で、彼にはこの廃車が、かつて父親が長年使っていた愛車であるとわかる。

何度も塗り重ねられた塗料は、車体から浮き上がり、その幾重もの断層を見せている。最後に塗った住居用ペイントは中途で作業を放り出された様子だ。錆びは近くに寄れば他の車にも伝染しそうなほど車体を覆う。ライダーは気がつくと、この廃車に頬を擦り寄せ、車体を抱きしめんばかりにして、剥げかけた塗料と錆びが「かさぶた」のように覆うその表面(scabbed surface)を撫で回している。(6) 車輪はなく、運転席のドアは外れている。蜘蛛の巣がかかり、カビの生えた車内になんとか入り込んで、片側が床にめり込んだ後部座席に座ると、ライダーは子供時代の回想に耽る。――家族三人で新聞広告を頼りに中古の子供用自転車を求めてあちこちの家を訪ねまわり、幸せな家族を演じた日曜日。両親の激しい口論を逃れて後部座席に寝そべって窓を伝う雨粒を見ていた日。少年はその日、父親が玄関のドアを開け、車の横を通って外へ出かけていくのを察知すると、ずっと空想の銃撃戦に興じていたかのようにひとり芝居を打つ。父が自分のことを見ているか見ていないかはわからない。だが、自分が両親の様子を観察し、神経を張り巡らしていたことは隠し通さねばならない。自家用車は自らをカモフラージュする恰好の避難場所であり、秘密基地である。

そして今、自分に対してなぜか苛立っている妻ゾフィーと息子ボリスとの葛藤を逃れて、廃車の内側は、子供時代の遠い記憶へとライダーを誘う。車の脇を通り過ぎる父親の視界を意識しながら、無邪気な遊びを装う少年。ホームビデオの一コマのように活劇を演じ続ける少年を見るライダーは、少年と同一人物のはずだが、それも定かではない。

自在に場所を移動し、他者の意識の内に入り込み、知り得ないことを知る超越的視点の補佐を受けながら、読者はタイム・スリップするかのように一瞬の内に、日常のわずかな亀裂から時の淵に飛び込み、『充たされざる者』に登場するさまざまな人物の過去の物語を体験する。だが、人々の饒舌で構築された物語は結局、置かれた状況に何ら変化をもたらさないままに結末を迎える。草叢に見出された、情念の「かさぶた」に覆われた廃車は、再び同じ姿でうち捨てられる。物語の不毛を象徴するかのように――。

いや、果たしてそうだろうか。廃車は、ライダーの自画像だ。親の葛藤から身を引き剥がし、今また妻子との葛藤から脱しようとするライダーの情念の自画像。車体を愛撫する現場を妻に見つかり、「そんなものに恋しちゃったようね」と咎められると、「何ておぞましいポンコツだ」と車を蹴飛ばして見せる（262-63）。だが、妻の注意が逸れると、良心の呵責に駆られて、傷つけはしなかったかと車を点検せずにはいられない。

ここで、ジュリア・クリステヴァの「アブジェクシオン」（『恐怖の権力』）を思い出したとしても決して唐突ではないだろう。当然、強引な附会は避けなければならないが、次の一節はイシグロ的登場人物の生の軌跡を見事に描き出しているように読めてしまうのだ。

構築することにかけては飽くことを知らぬこの被投者はつまるところ彷徨者である。果てしなき夜の闇を行く旅人。彼は自分を惹きつける疑似対象が孕んでいる危険や喪失を感じ取っているが、その拘束《マーク》をまさに脱しようとする瞬間に、それに深入りせずにはいられない。そして彼がさ迷えばさ迷うほど、それだけ彼の救済も深まるのである。(7)

自らの一部として引き受けざるを得ない「自分」の「おぞましさ《アブジェクト》」を、身を引きちぎって「分離し（ab）」、「投げ出す（ject）」。投げ出す＝投げ出される者、「被投者」。親との紐帯を口から吐き出そうとして、内と外が反転してしまった者。自他の境界が不安定な彼は、自分を惹きつけるものに近づくと、危険を承知しつつ、境界に「深入り」し、境界域を彷徨する。

ライダーも、「かさぶたに覆われた」かつての一家の愛車――「おぞましいポンコツ（a disgusting heap）」（262）――に躊躇もせずに入り込む。ひとり遊びのクライマックスで車のドアを勢いよく閉める音に苛立つ母親に「生きたまま皮を剥ぐよ」と繰り返し脅された、遠い日の古傷を蘇らせることになろうとも。「かさぶた」という有機物とも無機物とも言える境界を通過することは、つい越境という言葉を使いたくなるが、むしろ境界自体に「深入り」し、境界の可能性を拡大しているという方がふさわしいだろう。少なくともアブジェクシオン＝棄却が物語を駆動していることは確かだ[8]。

『充たされざる者』では、軋みが組み込まれた迷路の旅に入ることによって、〈あの場所〉は〈ここ〉に、〈あの時〉は〈今〉に蘇る。内と外、自と他が捩れながら接続する新たな空間が創り出される。超越的・特権的な視点と限定的・近視眼的視点によって、互いに無縁と思われた親子同士が二重写しにされる。ライダーは老ポーターであり、ホテル支配人の息子でもある。そればかりか、ソフィーやボリス、さらに別の誰かですらあるかもしれない。

自と他が重なる、より大胆な新しい場所の創出は、クライマックスたるべき「木曜の夕べ」に、廃人同然の状態から見事蘇った往年の名指揮者ブロッキーが選んだ曲が『垂直性』と題されていることで強調される。ブロッキーは「音楽の外的構造――作品の表面を飾る調性やメロディーに注意を促す作曲家のうなずき」を無視し、「外殻のすぐ下に隠れている特異な生の形態のもろもろ」に焦点を合わせる。「露悪趣味に近い」、「かすかに耳障りな響き」は聴衆を苛立たせ、同時に感動させる（492）。

リアリスティックに整えられた小説世界の外的構造――場所の移動や時間の推移に関する約束事、物事の因果関係、登場人物の人間関係――を無視し、イシグロは前作『日の名残り』の美しく完成した世界の殻を打ち破り、「すぐ下に隠れている特異な生の形態のもろもろ」に焦点を合わせた。それは錆びとカビに覆われた廃車という形象のごとく、もはや個別性を失いそうになりながらも、きわめて固有の記憶を内包する、普遍と固有の境界から広がる新たな場所とも言えるだろう。

ブロッキーの演奏が「露悪趣味に近」く、「耳障りな響き」をもつのは、たとえば「かさぶた」のごとき、きわめて私的なものを公の場で自分のものと認めなければならない時の狼狽に近い。しかしそこには、外殻を観察するだけではわからない、そして誰しも逃れられない、剥き出しの人間性――人の心を動かすような固有で普遍的な深みをもった――がある。

4　瓦礫にそびえる焼却炉

『わたしたちが孤児だったころ』に挿入された私立探偵バンクスの、日中戦争前線での冒険活劇は、まさに境界域への「深入り」と考えることができよう。

上海の共同租界に生まれた少年クリストファー・バンクスは、十歳の時、両親の相次ぐ失踪によって孤児となる。その後、イギリス本国に送られ教育を受けたバンクスは、有名な私立探偵となる。ロンドンに構えた事務所は、イギリス紳士にふさわしく、寸分の隙もなく「どんな客人の好意的承認も獲得する」ような造りの応接室であるが、バンクスはこの部屋を飛び出し、長年の懸案であった両親失踪の真相を解明すべく、上海に渡る。(9)

一九三七年、日中戦争さ中の上海で、バンクスは依頼を受けた国際的な犯罪事件の解決を図ると同時に、両親の行方の鍵を求めて、二十年以上も会っていない幼なじみの日本人アキラの姿を探す。上海社交界で活躍するイギリス貴族の美しい人妻サラから思いがけず駆け落ちに誘われ、すべてを投げ出して上海を離れようとする寸前に新たな展開の糸口が現れる。両親が幽閉されている家を見つけるための鍵となる「向いの家」の所在が判明し、しかも駆け落ち当日、サラが差し向けた車の中国人運転手がその家を知っていたのだ。バンクスはサラに「ちょっと用事をすませに行かせてほしい」と断るや、運転手を案内人として日中戦争の前線へと赴く（263）。「新たな展開の糸口が現れる」と今ふと書いたが、「新たな展開の糸口」は、唐突にかつ強引にバンクスの眼前にぶら下がる、と言ったほうがふさわしい。駆け落ちに誘われるのも唐突なら、実行直前に老刑事が「向いの家」の住人の名を思い出して電話をかけてくるのもタイミングがよすぎる。中国人運転手が「向いの家」を知っているのも強引な偶然だ。バンクスが、最前線の戦場へと「ちょっと用事をすませに」出かけ、拡大鏡で戦争の真犯人を究明しようとする滑稽さは、この「深入り」の唐突さ、強引さを際立たせる。バンクスの冒険は、あたかも、あちこちに仕掛け（られ）た落とし穴に、嬉々としてはまってみる子供のようだ。落とし穴は意外なところにあればあるほどよい。深ければ深いほどよい。

落とし穴の底には、記憶のゴミが堆積している。

小さな諍いから戦闘地域で運転手に置き去りにされたバンクスは、やっとの思いで警察署に辿り着く。砲撃を浴びた警察署は、辛うじて臨時の前線軍司令部として機能している。「ご婦人を待たせているから」と両親の幽閉先にすぐ案内するようにせかすバンクスに危険を説得するために、中国人中尉は掃除用具入れの中へとバンクスを案内する。掃除用具入れは監視塔へと続く隠し階段の入り口だ。塔からは、激戦地となっている住宅密集地が俯瞰できる。細い路地がアリの巣のように張り巡らされた密集地にいったん入り込むと、西と東に一本ずつそびえる焼却炉しか目印はない（308）。

中国軍が守勢にまわる中、バンクスは両親の救出に向かう。散乱する瓦礫に足を取られ、屋根の吹き飛んだ民家の壁に開けられた砲撃の穴をくぐりながら（311-12）。暗闇を進み続けたバンクスは、中国人の子供たちに囲まれた日本人の負傷兵を見出す。幼なじみのアキラだった（322）。

二十年前に失踪した両親は、銃撃戦の展開する住宅地の民家にほんとうに幽閉されているのか。負傷した日本兵はほんとうに幼なじみのアキラなのか。確かなことはわからないまま、瓦礫の中、バンクスは「アキラ」を中国人から救出し、その体を支えながら進み続ける。より深い迷路へ向かって。

迷路は、突然出口に抜ける。二人は日本軍に発見され、バンクスは流暢な英語を話す長谷川大佐に伴われて、イギリス領事館に護送されることになる。


道路は弾痕であちこちへこんでいた。時折、被害の痕がほとんどない通りを行くこともあったが、一つ角を曲がれば、家々が破砕して小山同然になっていた。生き残った電信柱と言えば、どれもこれも、もつれあった電線の間で妙な角度に傾いて立っていた。一度だけ、そうした地帯を通り過ぎる途中で、平たく潰された廃墟のはるか向こうに二つの焼却炉の煙突が見えた。

「イギリスはすばらしい国です」と長谷川大佐はしゃべっていた。「静かで、品位があって。美しい緑の野原。今でも夢に描いています。それにあなた方の文学も。ディケンズ、サッカレー、それに嵐が丘。私は特にディケンズが好きなんですよ。」(324)

バンクスがはまり込んだ落とし穴の底では、電線はもつれ合い、かろうじて「生き残った」電柱も、「妙な角度に傾いて」いる。「平たく潰された廃墟」が住宅地であったことを示すのは、取り残された二本の焼却炉だけである。バンクスは、「ゆったりとしたヴィクトリア朝の過ぎし日を思い起こさせる」(3) イギリス的情景の中へと再び帰っていく。その情景は、拉致された自分の母親を妾とした、中国人軍閥の財によってバンクスに与えられた居場所ではあるのだが。洗練されたイギリス社交界と上海の暗黒の間にもまた穴は穿たれており、その境界の瓦礫には焼却炉がそびえている。

5 境界域の拡大

戦後日本を舞台にした『浮世の画家』も、イギリスのカントリー・ハウスを舞台にした『日の名残り』も、日本へ、あるいはイギリスへ、と越境という経験を背後にした作品と考えられがちである。だが、先にも言及したように、越境という移動行為よりも、むしろ問題となるのは境界に生きる、そして境界の可能性を拡大するという経験ではないだろうか。

『浮世の画家』では、戦後の日本の変貌になじめない語り手の画家小野は、爆撃の被害をなかなか修復できない家で暮らしながら、いつまでも、仲間と芸術談義を戦わせながら歓楽街で飲み明かした戦前に生きている。『日の名残り』は、決して出しゃばらず、しかしあらゆるところに気を配る執事という不在と遍在の境界的存在に焦点を合わせ、放置すれば簡単に無秩序に陥るカントリー・ハウスの秩序を統括し続けたその人生を振り返る。

では、『わたしを離さないで』の場合はどうか?

小説の冒頭近く、キャシー・Hはヘイルシャムではない施設で育った「提供者」を介護する。この男性は三度目の「提供」後経過が思わしくなく、まもなく「完結する」ところだ――「死ぬ」と言う言葉はこの小説では使われない。臓器提供を繰り返したクローン人間たちは「完結する《コンプリート》」だけだ――。この提供者は育った施設の話はしたがらず、一度も訪れたことのないヘイルシャムについて、一人一人の保護官のこと、生徒たちのコレクション・ボックスのこと、建物や周辺の景色のことなどを、細部に至るまで、繰り返し執拗に聞きたがる。

> 初めは薬のせいだと思っていました。でもその後この人の頭ははっきりしていると気づいた

のです。この人が望んでいたのは、ヘイルシャムについて単に話を聞くことじゃなくて、ヘイルシャムを「思い出す」こと——自分自身の子供時代のようにして思い出すこと——だと。この人は自分の終わりが近いのが分かっていました。だからこそ、そうしたのでしょう。私にこまごまとした細部まで語らせて、自分の胸に深く染み込むようにしたのです。そうすれば、薬と痛みと疲労で眠れぬ夜に、私の記憶だったものとこの人の記憶だったものの境が、ぼやけてなくなるかもしれないのです。（5-6）

生きるという営みは、何かを創り上げたり獲得したりすると同時に、何かを壊し、捨て去る行為の連鎖でもあろう。どれほど慈しまれた大切なモノたちも、時の流れとともにいずれは価値を失い廃物となる。ヘイルシャムで生徒たちが奨励された創作も今は行方知れずとなり、トミーが描き続けた動物の絵も、決して一時の輝きを取り戻すことは望めない。だが、棄却への道から、別の形で呼び戻されることはできる。思春期のキャシーが枕を赤ん坊に見立てて一人踊った「わたしを離さないで」という曲。この曲が入ったカセットテープが古道具屋で見つかったとき、テープはトミーの好意という新たな固有の意味をもって蘇った。古道具屋のあったノーフォークは、「ヘイルシャムの遺失物届出所」と生徒たちに噂された街だ。遺失物届出所、ロスト・アンド・ファウンド。「遺失物」は永遠に失われたわけではない。この地上のどこかに、形は変わっても残り続け、いつかまた新たな意味を担って誰かに見出される日を待っている――少なくとも、そうであってほしいという期待は、「提供」できるすべてを提供すれば跡形もなく消え去る運命のクローンたちの切実な願いに違いない。

ルース、トミー、キャシーの三人の幼なじみが最後に集まる機会となった廃船見物のとき、二度目の臓器提供を終えたルースは自分が長くないことを知っている。他の車にすれ違うこともなく曲がりくねった田舎道を走り、車を降りて三人は林を歩く。ルースの息は上がり、トミーは片足をやや引きずっている。やがて目前に現れたのは、あちこちが無理に引っ張られてねじ曲がり、錆びついた有刺鉄線の柵。ルースを支えながら柵を越え、林を過ぎ、空き地に出ると、ようやく座礁した漁船が見えた。

実際は、空き地にほんとうに抜けたのではなかったのです。歩いていたまばらな林が終わったに過ぎません。そして今、眼前には見渡す限りの湿地帯が広がっていました。青白い空はどこまでも広く、陸地を仕切る水たまりに必ずといってよいほどその色が映し出されていました。さほど遠くない昔、林はもっと広がっていたに違いありません。あちこちに、幽霊のような枯れ木が大地から突き出しているのが見えましたから。たいていの枯れ木は一メートル足らずの高さで折れていました。枯れ木たちの向こう、おそらく六〇ヤードほど離れた場

所に、その船はありました。湿地に打ち上げられて静止し、弱い日差しを受けていました。(224)

終末を予感させる、一幅の絵のような美しい廃墟。湿地で朽ち果てようとする船の噂は、病院から病院へと、クローンたちの間を駆け巡っていた。だが、「林の奥の先は、とても暗くなっていた」という鬱蒼とした林を連想させる描写が直前にあったにもかかわらず、ここで「まばらな林」と言い直され、直前の「それから林を抜け、空き地に抜けると、船が見えた」という描写も、「実際は、空き地にほんとうに抜けたのではなかった」と裏切られる。ロマンチックな終末のイメージは、留保され、より散文的な修正を施される。

イシグロは、『わたしを離さないで』の構想を一九九〇年から温めていたという。当初はクローンのような生命操作は視野にまったく入っていなかった。ただそのころ繰り返し脳裏に浮かんだ朽ちかけた田舎の農家で若者たちが共同生活をしているイメージだけがあったという。若者たちは学生らしく、本について議論したり、時折レポートを書いたり、互いに恋愛したり、失恋したりしながら暮らしている。だが大学もなければ、教授もいない。彼らがどこから来て、どこへ行くのかはまったくわからなかったという。

イシグロは、若者たちが核兵器や原子力に遭遇するという設定にしようとしていたが、なかなかうまく行かなかった。二〇〇〇年になって三度目の執筆に着手する際に、「核兵器の方向を完全に捨てる決意」をしたという。当時クローン羊のドリーがイギリスで作られたことは世界中の話題になっており、科学の最先端の技術を設定に取り込むことで「自分が言いたいテーマがきちんと伝えられる話が書ける」と気づいた、と二〇〇六年五月のインタヴューで語っている[10]。このインタヴューの時点で、イシグロは当初の構想であった核兵器や原子力は、「冷戦時代に育った私たちの典型的な発想」であったと述懐している。だが、ベルリンの壁と東西ドイツ国境が東ドイツ政府によって開放されたのが一九八九年十一月九日であったことを考えると、九〇年代を通して依然として確固とした冷戦体制が続いていたかのような説明は説得力に欠けはしないだろうか。イシグロにとって「言いたいテーマ」とはどのようなもので、水平線に横たわるボートや地平線にはためくゴミはそれとどう関わっているのか。

イシグロは、別のインタヴューに答えて、これまで「記憶」と「子供時代」が重要でない作品は書いたことがない、と言い切っている[11]。おそらくは誰もがイシグロの文学にとっての重要性を認めるこの二つに、もう一つ、「廃物」という要素を加えてみると、そこに浮かんでくるのはどのような情景だろうか。

『わたしを離さないで』を読み返せば、キャシー・Hのひとり語りが、まるで次の世代に向けて書かれた二十世紀の遺書のように思えてくる。実は今回イシグロを論じるにあたって、一番奥底にあると予感した問題だ（文字通り予感にすぎないが）。
　イングランドの南東、サフォーク州の海岸沿いにオーフォード・ネスという砂州がある。第一次世界大戦時から軍事上の要地だった場所だ。一九五〇年代からは、国防省が原子爆弾の起爆装置の実験を始め、砂州の上にはちょうど舟底を上にしたボートを漕ぎ手たちが運んでいるような形をした、パゴダと呼ばれるコンクリートの建築物が建てられた。パゴダは細い何本もの柱で支えられている。誤爆発のときに柱が崩れ、コンクリートの蓋が暴発箇所を素早く覆うことができるようにと作られた。一九七一年に使われなくなり、ナショナル・トラストが一九九三年に入手して、限定的に一般に公開し始めたが、実験場の内部は人為か自然か、すでに半分小石で覆われ、かつて原子爆弾を乗せたらしい金属皿も今は錆びつき、陳腐な工場跡の様相を呈しているという(12)。『わたしを離さないで』が、もし核戦争を題材としていたならば、このような場所が結末の風景となったのではないか。

　人の鮮やかな輪郭も、物の複雑な作りも、やがてはおぼろとなり朽ちてゆく。当たり前と言えば当たり前のことだが、そうした存在と非存在、個と普遍の境界を注視し、そこに広がりを見出す遅れてきた残存者《サバイバー》。彼らは自らを残存者とした「何か」について語る代わりに、廃墟という生の痕跡を静かに見つめ、廃墟が廃墟でなかった時代に思いを馳せ、死者の生に自分の生を重ねる。

ヘイルシャムで過ごしたキャシーの子ども時代を「こまごまとした細部まで語らせて、自分の胸に深く染み込むようにした」あの提供者のように、自分の経験していないことを「自分のこととして」思い出すことはできるかもしれない。すべてが失われた後でさえ、かすかな記憶の手がかりとなる細部さえあれば。

『遠い山なみの光』以後、イシグロは、故郷ナガサキの名前を封じたまま、廃墟・廃物にこだわり続け、「経験したことのないことを思い出す」努力を続けているように私には思える。高熱の閃光に晒されて一瞬のうちに無に帰してしまうことの脅えを抱えつつ、ひとりひとり滑稽に生きるしかない者たち――錆びだらけの廃車を撫でまわし、掃除用具入れに踏み込み、風にはためくゴミに涙する者たち。

イシグロの人物たちは、境界域の彷徨者としてさ迷う。まるで「さ迷えばさ迷うほど彼らの救いになる」かのように。ヘイルシャムの生徒たち――ルース、トミー、そしてキャシー・H――の最期にまで思いを到らせるとき、私もまた閃光のうちに焦土と化したもう一つの街、故郷ヒロシマの記憶をたどり、「経験していないこと」を「思い出」そうとしている自分自身を感じるのだ。

［註］

＊　本稿におけるカズオ・イシグロ作品からの引用は拙訳であるが、既訳を参照させていただいた。

（1）　Bruce Chatwin, *Utz*, Harmondsworth: Penguin, 1988.

（2）　Kazuo Ishiguro, *Never Let Me Go*, 2005, N. Y.: Vintage Books, 2006, p. 287. 以下、同書からの引用は本文中に頁数を記す。

（3）　リディア・フレム（友重山桃訳）『親の家を片づけながら』ヴィレッジブックス、二〇〇八年。

（4）　木村敏『あいだ』ちくま学芸文庫、二〇〇五年、一二六頁。

（5）　Kazuo Ishiguro, *A Pale View of Hills*, London: Faber and Faber, 1982, p. 178.

（6）　Kazuo Ishiguro, *The Unconsoled*, London: Faber and Faber, 1995, pp. 260-65. 以下、同書からの引用は本文中に頁数を記す。

（7）　ジュリア・クリステヴァ（枝川昌雄訳）『恐怖の権力――〈アブジェクシオン試論〉』法政大学出版局、一九八四年、一三頁。

（8）　アブジェクシオンの概念を小説読解の鍵とした研究に、Karen E. Tatum, *Explaining the Depiction of Violence Against Women in Victorian Literature: Applying Julia Kristeva's Theory of Abjection to Dickens, Brontë, and Braddon*, Lewiston: The Edwin Mellen Press, 2005. がある。テイタムは、アブジェクシオンの具体的発現としての女性に対する男性の暴力について、十九世紀イギリス小説を題材に論じている。

（9）　Kazuo Ishiguro, *When We Were Orphans*, London: Faber and Faber, 2000, p. 4. 以下、同書からの引用は本文中に頁数を記す。

（10）　大野和基「インタビュー　カズオ・イシグロ――『わたしを離さないで』そして村上春樹のこと」、『文学界』二〇〇六年八月号、一三〇―四六頁。

（11） "A Conversation with Kazuo Ishiguro", *BookBrowse*, 2005. 〈http://www.bookbrowse.com/author_interviews/full/index.cfm?author_number=477〉

（12） クリストファー・ウッドワード（森夏樹訳）『廃墟論』青土社、二〇〇四年、三二四—二七頁。

とくに最初の二楽章が……
カズオ・イシグロの〈日本／幼年期〉をめぐって

遠藤不比人

あなたの音楽はすばらしかった。とくに最初の二楽章が……
――カズオ・イシグロ『充たされざる者』

Ⅰ　カタカナという不自然

カズオ・イシグロの第二作『浮世の画家』の「訳者あとがき」は、恐らく書き手の意図とは無関係にこの作家の本質と遭遇したテクストである。語り手の教育水準なり世代を勘案しその語り口に相応しい日本語について、「古めかしい口調で訳すべきか、それとも、三十そこそこの英国作家の想像力が英国の読者に与えたであろう新鮮な印象をより重視すべきか[1]」などと逡巡するあたりは、いかにも「訳者あとがき」風の律儀な陳述である。しかしその直後、固有名、殊に「日本人の名前を全部カタカナ書きにする」（三〇九）べきか否かについて苦慮した挙句、それを思い留まった根拠として、「表面的には面白いかもしれないが、長編の場合はとても読みにくいし、『日本人が主人公なのに、なんでこんなに不自然な』という反発が必ず生じるだろう」(三〇九—一〇)と判断を下す箇所となると、これを凡庸な「訳者あとがき」と読み過ごすわけにはいかない。この一見常識的な判断は——いたって自然に紹介されているこの作家の或る「不自然」に知らぬ間に強いられ——その意図にかかわらずイシグロという作家の本質を突いている。この「不自然」とは、「カズオ・イシグロは一九五一年十一月に長崎で生まれ、五歳のときに、海洋学者である父親が英国政府に招かれたため、両親とひとりの姉とともに英国に渡った」(三〇七)という例の伝記的事実に関わる。「訳者あとがき」が自然に触れるこの事実は、「英国作家」たるイシグロが強いられた或る根源的な「不自然」を含意している。それは「翻訳」という行為、より厳密には「翻訳不能性」ということがこの作家の本質=「不自然」と直結するということである。しかしそれはこの「英国作家」の英語をそれに相応しい日本語に翻訳するというような技術的水準に留まらず、イシグロが「英国作家」として「英語」を選択したという事実に内在する——その「英語」それ自体を駆動する——「翻訳不能性」ということこそが問題となる。その文脈において、「訳者あとがき」が懸念した「カタカナ」という「不自然」はかかる「翻訳不能性」において特権的な意味を帯びる。

イシグロという作家の本質をなす「翻訳不能性」――これは「訳者あとがき」が述懐するような作業上の苦労といったレヴェルをはるかに超えている。いま「カタカナ」という日本語の表記法がこの点で特権的な意義を帯びると言った。そこで、イシグロの『浮世の画家』の訳者が「不自然」を覚悟のうえで「日本人の名前を全部カタカナ書きにする」という決断をしたとここで仮定してみよう。その場合、夥しい数の固有名――アキラ・スギムラ、セツコ、オノ、ノリコ、イチロウ、シンタロウ、ヨシオ、モウリ、クロダ、タナカ、ミチコ……――が一挙に日本語テクストに氾濫することになるだろう。固有名は「日本人の名前」に限らない。このテクストには、それ以上に頻繁に日本語の地名や場所に纏わる固有名――アラカワ地区、フルカワ、ヤマガタ屋、ユヤマ町、タマガワ寺、タニバシ駅、ウエマチ大学、ワカミヤ町、ホン町、カスガ町、ヒガシマチ高校、カワベ公園、イズミ町、ワカバ郡、カシマ通り、ナガタ町、アキハラ町、サクラハシ通り、ニシヅル、コガネ通り、タカミ庭園、ヨツカワ駅……――が繰り返される。確かにこういった固有名をことごとくカタカナで表記したならば、「訳者あとがき」にあるように甚だ「不自然な」仕儀となるだろう。しかしその「不自然」とはいったい何であるのか？　このような愚直な問いをあえてしてみたい。このようにイシグロのテクストにおける日本語の固有名をカタカナとして列挙／翻訳してみると、その頻度がいささか過剰ではないかという印象が否めない。このイシグロ特有の「不自然」は、本来であれば漢字で表記／翻訳すべき固有名をカタカナ表記にしてしまった「不自然」ということだけでなく、この「不自然」それ自体の頻度にも関わるのではないか。つまりナラティヴの自然な進行から逸脱する程度の頻度で固有名が「日本人の名前」としてあるいは地名としてほとんど強迫的に反復されている。さらにこのイシグロ的な「不自然＝過剰」はその頻度のみに由来するのではない。それは同時にナラティヴに包摂できない言語の物質的な或る感触への固着、つまりはテクスト的なフェティシズムを含意していないだろうか。明らかに、物語に還元できない或る言語的な「過剰」にテクストは固着している。しかしイシグロ的「過剰＝不自然」はそれに尽きない。このカタカナとは、それ自体は日本語の表記体系に属しながらも、日本語以外のものを同時に意味することが可能な表記法でもある。つまり日本語でありながも自らを非日本語化することが可能な表記法たるカタカナは、日本語であると同時に日本語でないもの、あるいは日本語でないのと同時に日本語であるもの――そういった逆説的な（あるいは交差対句法的な）或る言語領域に属している。結論を先に言えば、イシグロの日本語訳においてカタカナという「不自然＝過剰」として露になるのは、固有名の翻訳（不）可能性という問題（あるいはその物質性）であるはずだ。日本語であると同時に非日本語性をも身に帯びるカタカナという表記法、それが体現する「翻訳（不）可能性」という問題——ここで私たちはイシグロのテクスト的な欲望が、かかる「翻訳（不）可能性」という「過剰」に固着しつつ「それ」に駆動されているのではないか、という設問を獲得する。それは固有名に纏わる複数の水準における「過剰」とその「翻訳（不）可能性」ということに私たちの読解を誘う。

イシグロの文学の核心をなす「翻訳（不）可能性」。この問題をイシグロの日本語訳を通じて検討してみたわけだが、すでに明らかなように、ことは一般的な翻訳論のレヴェルを超えている。イシグロの日本語翻訳において露になりつつあるこの問題をイシグロの英語原文において再考してみよう。言うまでもなく、少なくともこの作家の最初の二作は「日本」を英語に「翻訳」するエクリチュールの実践そのものであった。したがって、日本語テクストにおいては「カタカナ」が露出した問題——固有名の「翻訳（不）可能性」への固着というテクスト的欲望——があらためて英語という文脈で私たちの注意を引くことになる。初期二作のテクストにあって（厳密には短編「或る家族の夕餉」もそこに含めるべきだが）イシグロはまさに自らの「日本＝幼年期」を英語に「翻訳」することを通じて「英国作家」としての地位を獲得したことになる。そのテクスト的な営為によりイシグロは「幼年期」を「英語」に翻訳しつつ、そこに包含し切れない「過剰＝不自然」たる固有名に固着していた——このように私たちの論点を言い換えることが可能であるだろう。英語原文で「カタカナ」の機能を果たすのは何か？　英語に属しながらも同時にそれに属さない固有名（日本語）の「過剰＝不自然」は、当然のことながらいわゆるローマ字風の表記が体現することになる（Akira Sugimura, Setsuko, Ono, Ichiro, Uemachi College, Arakawa, Nagata Street...）。初期の二作――『遠い山なみの光』と『浮世の画家』――の言語においては、固有名のかかる「翻訳（不）可能性」という「過剰＝残余」へのフェティシズムが明らかである。まずはこの点を強調しておきたい。

ここで興味深いのは、いま私たちがイシグロの「幼年期」と評した「日本」が、まさにジョルジョ・アガンベンが人間の言語活動の「根源」に読む「幼年期」と多くを共有するという点である。アガンベンの所説をしばし見てみよう。アガンベンが言う「幼年期（インファンティア）」とは字義通り「言語活動をもたない状態」を意味するのだが、それは単に人間が言語を語り出す以前の状態をクロノロジカルに前提するのではない（「言語学はどれほど時間をさかのぼっていっても、けっして言語活動のクロノロジー的な始点、言語活動の『前』に到達することはないのである」[2]）。それは言語活動の「外部」でもなく同時に「内部」でもない、あるいは「内部」であると同時に「外部」でもあり得る領域――「インファンティアと言語活動とは、インファンティアが言語活動の起源であり、言語活動がインファンティアの起源であるといったような、ひとつの循環を形成しつつ、一方を他方へ送付しあっているようにみえる」のであり、「それはもともと言語活動と共存している」（八四）。つまり「幼年期（インファンティア）」とは「なによりも言語活動に作用をおよぼして、それを構成し、それを本質的なしかたで条件づける」ような「言語活動の超越論的な限界としての経験」（八九）の謂いである。その意味でアガンベンの言う「幼年期」とは、「意識＝言語」の「内部／外部」として同じくその「超越論的な条件」と定義し得るフロイト／ラカン的な「無意識」とアナロジーが成立する――「自我とエスが言語活動のうちに現存することを理解したことは、フロイト主義のラカン的な解釈を断固として心理学の外部に位置させるものである」（八四）。

初期イシグロにおける日本語固有名の翻訳（不）可能性――アルファベット表記（英語）に拉致されながらも、そこに包摂し切れない過剰＝残余――英語の「内部」であるのと同時に「外部」でもある、あるいは「内部」でも「外部」でもない、そのトポロジカルな反転。かかる固有名の翻訳（不）可能性＝「過剰＝不自然」へのフェティッシュな固着。英語散文に存在しながらもそこから逸脱しもする日本語の固有名（の物質性）が強迫的に羅列され増殖すること。イシグロ的「日本＝幼年期」とは、「英国作家」たる彼の「言語活動」の「内部」であるのと同時に「外部」であり、あるいは「内部」でもなく「外部」でもない。かかる「幼年期＝日本」は、固有名の「翻訳（不）可能性」という「過剰＝不自然」としてテクストに刻印されているのと同時にその欲望を駆動してもいる。これが含意するのは、イシグロ的「日本＝幼年期」を伝記的／心理（学）的水準で実体化することの不可能性であると同時に、彼を「英国作家」などと呼んでしまう軽率への戒めでもあるだろう（初期の二作品以後本格的な「英国作家」を目指したと一般に言われる作者その人の意図は自ずと別問題である）。初期イシグロの「幼年期／日本」とは、彼の「英語」の「内部／外部」であり／でない領域――つまりは「超越論的なものは主観的なものではありえない」（八二）。それと同じ次元でイシグロについて例えば「越境する文学」などと文芸ジャーナリズム的なジャーゴンを口にしてしまうことに私たちは警戒をしなくてはならない。初期イシグロの「幼年期」に読むべきは、したがって、或る実体的な「国語」でもなければその間の境界線でもない。再度アガンベンを引けば、「連続していると同時に不連続な二つの次元のあいだの限界」とでも称すべき「位相幾何学的な記述をあたえるしかない」（一一〇）領野こそが問題とされるべきなのだ。そうであるのなら、むしろ私たちが「カズオ・イシグロ」ないしは「Kazuo Ishiguro」などという表記に触知すべきは、その「不自然＝過剰」であるはずであり、この言語的な感触をフロイトならば「無気味なもの Das unheimliche」と呼んだに相違ない。「内部／外部」の超越論的／トポロジカルな「循環」のテクスト的な手／耳触りは定義上 unheimlich な「もの」以外にはあり得ない。

　このイシグロ／アガンベン的な「幼年期」から、「翻訳者の使命」においてベンヤミンが言うあの「純粋言語」を連想することもあながち乱暴な類推ではないかもしれない。諸言語間の翻訳不能性の根源に「メシア的なテロス」[3]として想定されもするそれは、一方でポール・ド・マンが鋭く注意するように、究極的に「象徴と象徴化されたものとの間の乖離」[4]あるいは「言語に内在する永遠の乖離」（一八六）つまり「根源の言語の苦痛」（一七二）に行き着くものであった。翻訳者の「使命＝Aufgabe」は同時に「棄権（断念）＝Aufgabe」でもある（一六五）。鵜飼哲は「一つの言語の内部と外部は決定可能であるという前提」をラディカルに攪乱する特権的なテクストとしてベンヤミンの「翻訳者の使命」を挙げながら、こう述べている――「ベンヤミンによれば、ある種の作品はその本質からして翻訳を要求し、このような『要求』はこの作品が書かれた国語の自己完結性を揺るがすある『欠如』を指し示す[5]」。この「欠如」はド・マンが言う「言語に内在する永遠の乖離」あるいは「根源の言語の苦痛」と等価であろう。そしてここでラカンを参照するまでもなく、この言語的な「欠如」あるいは「乖離」は、言語の／による「主体」の「欠如」とも読み換えることができる。この視点から、「日本＝幼年期」の英語への「翻訳」という言語活動によって「英国作家」となったイシグロを考えるならば、そこにいったい何を読むことができるだろうか。

『徴候・記憶・外傷』の中井久夫は「二歳半から三歳半前後」までの記憶を「幼児型・外傷性記憶[6]」と呼び、その特徴として「感覚性」（一六四）と「文脈組織体の中に組み込まれない異物」（一六七）といった表現をしながら、次のような疑問を提出している――「二歳半から三歳半以前と以後とを区別するクリティカルな時期とは何であろうか。フロイト派ならば『エディプス期』以前と以後であろうというであろう。ラカン派ならば『想像界』から『象徴界』への移行というであろうか」（一六三）。ここで言及されているフロイト／ラカンの精神分析ならば「去勢」と呼ぶだろう事態に関して、中井は「成人文法性成立」（一六七）という用語を使用する。これにもとづき中井は言う――「私たちは成人文法性成立以前の記憶には直接に触れることはできない。本人にとっても、成人文法性成立以前の自己史はその後の伝聞や状況証拠によって再構成されたものである。それは個人の『考古学』によって探索される『個人的先史時代』である。〔……〕これに対して成人文法性成立以後は個人も『歴史時代』である」（一六七―八）。そしてこの「成人文法性成立」以後、すなわち「三歳以後の人生が連続しているという感覚」を中井は「自己史連続感覚」と呼ぶ（一六八）。

このような断片的な引用によって中井が「成人文法性成立」以前と以後――つまりは「幼児

型・外傷性記憶」と「成人型記憶」の差異／断絶――を乱暴に単純化しているかのような印象を与えてしまうことを恐れるが、実際はアガンベンの「幼年期」と比すべき複雑微妙な議論をまさに「徴候・記憶・外傷」といった視点から中井は実践している。それに詳しく言及する紙幅の余裕はないが、この文脈において「英国作家」としてのイシグロの「不自然」を想起してみると、いかなる示唆を受けることができるだろうか。中井を参照すれば、「五歳のときに、海洋学者である父親が英国政府に招かれたため、両親とひとりの姉とともに英国に渡った」際のイシグロはすでに「成人文法性成立以後」であるだろう。しかしその成立まもない「成人型記憶」による「日本」は「幼児型・外傷性記憶」の特徴が残存するいわば「感覚性」が強く「文脈組織体の中に組み込まれない」傾向のものであることを、イシグロはインタヴューなどで繰り返し語っている（また彼の日本語能力が幼児期に両親と会話をする程度の水準を超えず、とても知的な活動に耐え得るものでないこともしばしば告白している）。しかし「英国作家」イシグロの「不自然」という点からすると、話はこれでは終わらない。いまだに「外傷性」が顕著な「日本」の印象＝記憶を、自身の知的な主体化（成人文法化）に固有の「英語」に翻訳することの原理的な（不）可能性は、英語化された／されない日本語の固有名の「過剰」としてイシグロ初期のテクストを構造化／駆動することになるはずである。そして、この「過剰」こそが「英国作家」イシグロという主体を不／可能にする「欠如」のテクスト的な徴候と化す。中井の用語法で言えば、イシグロという（作家）主体は「日本＝幼年期」を「翻訳」する「英国作家」としてその「自己史連続感覚」に或る深刻な「欠損」を抱えることになるはずだ。しかしこれは単純な「断絶」ではない。それはまさにアガンベン的な意味において「連続していると同時に不連続な二つの次元のあいだの限界」であるだろう。繰り返せば、そのテクスト的な徴候があの固有名の翻訳（不）可能性が体現する「過剰＝不自然」――Ogata-san, Setsuko, Uemachi-College などというシニフィアンの unheimlich な耳／手触り――であることは言うまでもない。イシグロ的「幼年期＝欠損」はその成人文法性＝テクストに隠蔽／露出されている。さらにここで強調すべきはつぎの点であろう――イシグロは「英国作家」として「日本＝幼年期」の翻訳（不）可能性という事態に直面することにより、遡及的／事後的に「それ」を（再）外傷化した。中井の議論を私たちのそれに接続するときに留意すべきは、イシグロにおけるこの「事後性＝Nachträglichkeit」あるいは、二重の外傷化とでも言うべき心的＝言語的事態である。

Ⅳ　外傷／欠損とその物語的な反復

そのテクスチュアリティの耳／手触りとして論じてきたイシグロ的「幼年期」という「欠損」ないし「欠如」は同時に「過剰」でもあった。精神分析的に言えば、かかる「欠如＝過剰」を

「外傷」と呼ぶことができる。そしてそこに必然的に組織されるのは「反復」という主題系であるだろう。そのような視点はイシグロが好んで使用する「信頼できない語り手」についてより本質的な議論を可能にする。「外傷」について一般的な物言いをすれば、それは或る主体が「それ」について直接的な言説化をすることが出来ないにもかかわらず／それゆえにこそ「それ」が主体の意志とは無関係に反復（強迫）してしまう心的事態――このような定義がとりあえず可能である。例えば第一作の『遠い山なみの光』はその意味で典型的である。語り手のエツコ（本稿はあえてカタカナを使用する）は、友人サチコの寡婦としての境遇に同情する。しかしその境遇から脱出すべく戦勝国の男と婚姻しその国に逃避する願望を抱くサチコがその重荷となる娘マリコへ無意識的な殺意に近い感情を抱いているらしいことにエツコはほとんど無感覚である。その友情は機械的な親切とでも言うべきもので、かえってその淡白さを暗示する。この小説の真に無気味なところは、その強い願望にもかかわらずサチコはそれを実現することが出来ず――というよりテクストの関心はそこにはなく直接的な言及はない――他方そのサチコの願望に関していたって淡白な関心をしか抱かなかったエツコは、その願望をほぼ完全に実現／反復することになる（イギリス人の夫と不仲であった娘ケイコの自殺という形でもその願望は充足される）。つまりイシグロ的物語とは、「それ」だけを物語らぬためにこそ物語られる物語という意味で「外傷的」であるのだ。そしてその物語られ（得）ぬ「欠如」は語り手の支配＝知識を逃れつつも――それゆえ彼／女は「信頼できない語り手」となる――「それ」は物語全体の論理に忠実に従い、「反復」という形式で（のみ）顕在化する。「それ」だけを語らぬという意味では、この小説はエツコが日本での夫ジロウと離別した経緯もその動機についてもまったく寡黙である。ここで極めて興味深いのは「それ」が或る固有名の過剰な反復において触知し得るという点だ。夫ジロウに対しては妻としての義務をひたすら機械的に履行するという形でその冷淡さをかえって滲み出すエツコであるが、ジロウの父であるオガタさんとの関係はほとんど成瀬巳喜男の『山の音』を連想させるものである。そのエロティシズムは、語り手（エツコ）による「オガタさん Ogata-san」という固有名の反復において露出している。模範的な英語の書き手として知られるイシグロであるのなら、この固有名の過剰な反復を避けるために、然るべく人称代名詞なり他の普通名詞を定冠詞とともに使用するべきところだろう（そこにあるかもしれぬ作者のオリエンタリズム的戦略は自ずと別問題である）。この意味でイシグロ的「反復」とは決して物語られぬ「それ」の顕在化／隠蔽、つまりはアリバイとしての徴候である。

同時にこの「オガタさん Ogata-san」という固有名の「過剰」は、単なるエツコにおける成瀬的なリビドー以上のものを露呈／隠蔽してもいる。「英語」による「日本」の翻訳／去勢とそこに包含し切れぬ残余／過剰――イシグロ文学の本質をそこに読むのならば、この作家が初期の作品において日本の敗戦を特権的な主題とした所以が明らかとなる。より具体的に言えば、戦前の日本の軍国主義に加担した人物の敗戦後の——広義のかつ屈折した——ナショナリズムの前景化という点がそこで注目される。私たちの文脈で言えば、「英語＝米国＝民主主義」によって包摂し切れぬ「日本」という「残余／過剰」がこの主題を浮上させるということになるだろう。戦前の軍国教育に熱心であった義父（Ogata-san）と戦後民主主義を安易に享受する夫（Jiro）に備給されるエツコのリビドーの量的差異は、かかるイシグロ的文脈において理解されるべきである。その意味でエツコの語りにおける前者と後者の固有名の頻度の差異——つまり英語の慣用以上に過剰に繰り返されるOgata-san——はこのテクスト的な徴候以外のものではない。

さらにこれは世代的な継承の断絶という主題をも組織することになる。それは『浮世の画家』における語り手（日本画家）の戦後の境遇——軍部の文化事業への加担ゆえに戦後の隠居を余儀なくされ娘の縁談にも支障をきたす——とともに、吝嗇な商人たる父が幼い息子（語り手）の描いた絵画を座敷で燃やしてしまうという逸話ともなり（具体的には語り手の意識に反復する「煙」という形象となって）作品世界を形作っている。この世代間の断絶という主題は、初期イシグロにおいてまさに無気味に反復される「子殺し」というモティーフとして変奏されてもいる。『浮世の画家』の語り手の一人息子は戦死しているが、語り手は娘の夫（やはり戦後民主主義の信奉者）からその世代的な（子殺しの）責任を仄めかされている。無論ここで『遠い山なみの光』におけるエツコとサチコ（の娘たち）の運命を想起してもよい。あるいはその最も露骨かつ無気味な例を「或る家族の夕餉」における（父による）無理心中の暗示だけでなく、語り手の父が息子と娘に供する「夕餉」の「魚」[7]――それは妻を中毒死させたフグであることが強く示唆される――に読むことが可能であるだろう。

V　とくに最初の二楽章が……

私たちがイシグロ的「幼年期」と呼んだ「不自然＝過剰」は、テクストの細部、語りあるいは主題といった水準にいわば同時多発をし――その「外傷」を露呈／隠蔽しつつ――初期のテクストにこの作家単独の（singular）文学的強度を担保していた。しかし「英国作家」として最高の栄誉を意味する文学賞を獲得した第三作『日の名残り』において、イシグロ的「幼年期＝翻訳（不）可能性」は、戦後の英国の凋落と反比例する米国のヘゲモニー（米国による英国の去勢／翻訳）、平凡な「イングリシュネス」賛美（米国に去勢／翻訳されぬ残余）とでもいった主題に解消＝自然化されてしまったのではないか。あるいはこの作家の「外傷」が必然的に要求する「信頼できない語り手」という形式は、ただ潔癖に過ぎぬ執事の性的な強迫神経症を暗示する便利な道具に矮小化＝自然化してしまった。第四作『充たされざる者』にいたっては、「それだけを語らぬためにだけ語られる物語」というイシグロ的「外傷」性は原文にして五百ページの言語を量産することになるが――その物語的反復強迫にはそれなりの執拗さを認めなくてはならない――初期の作品における unheimlich な強度／過剰はやはりその多くを失っている。

その意味でこの作品に興味深い箇所がある。かつては令名をはせた指揮者が往時の才能を発揮すべく四楽章からなる或る交響曲を演奏するが、それは無残な失敗であったことを前妻に咎められることになる。

あなたは決して正統派の指揮者にはなれない。昔だって、あのころだって、そうじゃなかった。あなたは絶対に、この町の人たちの期待には応えられない、たとえそう望まれてもね。だってあなたは、あの人たちの生活のことなんかちっとも気にかけていないんですもの。それが真実なのよ。あなたの音楽はいつだって、あのばかばかしい小さな傷のこと。それ以上の何ものにもなりませんわ。とても奥深い何か、ほかの誰かにとってなにがしかの価値あるものになど、決してなりません。少なくともわたくしは、自分なりのささやかなかたちで、自分にでもできることをやってきたと言えますわ。つまりこの町の不幸せな人たちを助けるために、最善を尽くしたと。だけどあなた、ご自分のことを振り返ってごらんなさい。あなたはただ、ずっとあの傷のことを気にかけてきただけ。だからあの当時でさえ、あなたは本物の音楽家じゃなかったの。そしてこれからも、決してそうはならない[8]。（強調原文）

しかし語り手は、演奏の前半の或る名状し難い強度に感銘して、この指揮者を慰める——「心配いりませんよ、ブロッキーさん。あなたの音楽はすばらしかった。とくに最初の二楽章が……」（八七七頁、省略原文）。ただひたすらに「あの傷」の反復たる芸術の社会的価値に対する疑義。ここに読むべきは、いわば「個人と社会」とでも要約できる古典的な芸術家のジレンマであり——第五作『わたしたちが孤児だったころ』で本格的に扱われることになる——作者がインタヴュなどで言及するオブセッションである。そこでもし老指揮者を苛む前妻の声に作者の自意識（の反映）を読むのであれば、同様に意義深く響くのが語り手によるこの慰めである。四楽章からなる交響曲の「とくに最初の二楽章」のみが「あの傷」の反復である芸術の「すばらしい」部分である——私たちのこれまでの読解は第四作におけるこの箇所にやはり作者イシグロの自意識を読まずにはいられない。「あの傷」の反復が作家の実存に深く根ざす形で独特の文学的強度を——テクスト性、語りの構造、主題論的反復のすべてにおいて——可能にしていた初期イシグロの二つの作品。それを特権化してきた私たちの読解は、やはりこの箇所に作者の屈託を読まないわけにはいかない。誠実かつ勤勉そして慎重な寡作でも知られるこの作家は、不断の主題的刷新を心掛けていたのであろうが、それゆえに彼の文学の「不自然」はただ間然するところのない完成度を持つ物語を再生産する契機と堕してしまったのではないか（物語的な完成度と文学的な強度は別次元に属する）。最新作の『わたしを離さないで』における「クローン」という主題に「不自然な英国作家」たるイシグロ固有の自意識を読むのならば、そこには或るunheimlichな実存的痛切さとでもいうべきものを感じることができなくはない。しかしそこに初期の二作を貫く文学的強度＝「過剰」はもはや期待すべくもない。私たちの議論はすでにこの「過剰＝欠如」が実定的な「日本＝幼年期」でないことを明らかにしている。しかしながら、この作家の最新作が英国は中世に取材した長編であることを想起するとき、思わず私たちが呟く言葉は「あなたの文学はすばらしかった。とくに最初の二作品が……」とならざるを得ない。

［註］

（1）　カズオ・イシグロ『浮世の画家』（飛田茂雄訳）、ハヤカワ*epi*文庫、二〇〇六年、三〇九頁。（以後本書からの引用頁は本文中の括弧内に示す）

（2）　ジョルジョ・アガンベン『幼年期と歴史――経験の破壊と歴史の起源』（上村忠男訳）、岩波書店、二〇〇七年、八六頁。（以後本書からの引用頁は本文中の括弧内に示す）

（3）　鵜飼哲「翻訳論の地平」、『抵抗への招待』みすず書房、一九九七年、一四六頁。

（4）　ポール・ド・マン「結論：ヴァルター・ベンヤミンの『翻訳者の使命』」、『理論への抵抗』（大河内昌・富山太佳夫訳）、国文社、一九九二年、一八〇頁。（以後本書からの引用頁は本文中の括弧内に示す）

（5）「翻訳論の地平」、一四五頁。
（6）中井久夫「外傷性記憶とその治療――一つの方針」、『徴候・記憶・外傷』みすず書房、二〇〇四年、一六三頁。（以後本書からの引用頁は本文中の括弧内に示す）
（7）カズオ・イシグロ「ある家族の夕餉」（田尻芳樹訳）、『しみじみ読むイギリス・アイルランド文学』（阿部公彦編）、松柏社、二〇〇七年、八七頁。
（8）カズオ・イシグロ『充たされざる者』（古賀林幸訳）、ハヤカワ*epi*文庫、二〇〇七年、八七六頁。（以後本書からの引用頁は本文中の括弧内に示す）

カズオ・イシグロの小説における「顔のない」語り手たち

新井潤美

カズオ・イシグロが日本語を話せるのかというのは、イギリス人の間でも、日本人の間でもしばしば話題になることである。それ以前に、イシグロがデビューしたての頃には、彼がはたしてどこの国籍の人物なのかということも問題になった。小説を読むのに、その作者が男か女か、年はいくつくらいなのか、どこの国あるいは文化圏の人間なのか、そしてイギリスの場合はさらに、どの階級に属するのかといった情報を読者はどうしても知りたがる。そういうことを知って、ある程度の内容を予想してからはじめて、読者は「安心して」作品を読みはじめることができるのである。

その読者の予想をイシグロはつねに裏切り続けてきたと言えるだろう。最初の長編小説『女たちの遠い夏』(一九八二年)はその装丁からして、能の仮面の写真を用いた異国情緒あふれるものであり、舞台の大部分は長崎である。長崎と言えば、古くはジョナサン・スウィフトの『ガリバー旅行記』にも登場する。日本の地名はそもそもイギリスでは、「東京」、「京都」以外はほとんど知られていないが、「長崎」は第二次世界大戦以前にすでに、知的な読者にとっては聞いたことのある地名だった。たとえば一八八五年に、ロンドンで『ミカド』という題名のコミック・オペラが上演され、たいへんな人気を集めたが、その台本を書いた劇作家W・S・ギルバートは、このオペラの舞台を最初は長崎にするつもりであった。しかしこの作品は「日本」を舞台にしていながらも、じつは当時のイギリスの社会を風刺しており、長崎のように、よく知られている地名を使うと、本当に日本が舞台になっていると勘違いされる危険があると思い、「ティティプ」という架空の村(秩父にヒントを得たとも言われている)に舞台を変えたというエピソードがある。プッチーニのオペラ『蝶々夫人』(一八九八年初演)が長崎を舞台にしているのも周知のとおりである。

このように、読者にとっては「長崎」は日本の地名としてなじみのあるものであり、『女たちの遠い夏』はしたがって、日本人の作家の書いた、日本の文化や風俗のもりこまれた写実的な小説ではないかという期待を読者は抱くことになる。『女たちの遠い夏』と、その四年後に出版された『浮世の画家』が二作とも長崎を舞台にしているのは、イシグロ自身が長崎で生まれていることもあるが、イシグロは四歳のときに家族とともに渡英しており、記憶をたどって書いているわけではない。また、戦後まもない長崎の社会や風俗などについてもいっさい調査を行なわなかったと、本人が語っている。つまり、彼がここで描いている「長崎」は、上に挙げたW・S・ギルバートの『ミカド』の舞台である「日本」のように、あえてオーセンティックではないものなのである。

しかしイシグロのこの最初の二作の長編小説を、日本人が日本を舞台にして、写実的に書いた小説としてイギリス人の読者も批評家も受け止めた理由は、イシグロが当時は日本国籍を持った作家であり、舞台が長崎に設定されているということだけではなかった。それはイシグロの用いる文体にも原因があったのである。

この二作ではイシグロは、自ら translationese（「翻訳語」）と名づけた文体を使っている。スラングやイディオムをあまり使わず、きわめて平易で無駄がないが、どこか叙情的な英語の文体で、まるで川端康成や三島由紀夫などの日本の小説を英語に訳した作品であるかのような錯覚を与えるものである。実際、イシグロがイギリスで育ち、英語で教育を受けたことを知らない批評家が、イシグロの最初の小説を本当に日本語から翻訳されたものだと思い込んで書評を書いたほどだった。

イシグロは、このように語りのスタイルを「日本風」にしただけでなく、小説の登場人物の言葉遣いや振る舞いにも、日本に関するステレオタイプを盛り込んでいる。例えば、『浮世の画家』では、語り手である画家オノ・マスジの自宅に、弟子が自分の弟を連れて訪ねてくるくだりがある。

私が玄関に出てみると、シンタロウとその弟が立っていた。弟は当時はまだほんの若造だった。二人は私を見たとたんに、お辞儀をし、くすくす笑いだした。
「どうぞあがりなさい」と私は言ったが、二人はそのままお辞儀をし続け、くすくす笑い続けた。「シンタロウ、どうぞ。畳にあがりなさい。」
「いいえ、先生」とシンタロウは笑ってお辞儀をし続けながら言った。「このようにお宅にお邪魔したことはこの上なく失礼なことです。この上ない失礼です。でも、お礼を言わずにいることができなかったのです。」

ここではあえてあまり自然な日本語訳にしなかったつもりだが、大人の男性二人が、偉い画家の前でくすくす笑いながらお辞儀を繰り返す情景は、まるで喜歌劇『ミカド』の一場面のような、「日本」についての滑稽なステレオタイプを表わしたものである。また、シンタロウの使う言葉も、もとの英語ではひじょうにもってまわった、不自然なものとなっている。原文は次のようなものだ。

> I went out to the entryway, and standing there were Shintaro and his younger brother - then no more than a youth. As soon as they saw me, they began bowing and giggling.
>
> 'Please step up,' I said, but they continued simply to bow and giggle. 'Shintaro, please. Step up to the tatami.'
>
> 'No, Sensei,' Shintaro said, all the time smiling and bowing. 'It is the height of impertinence for us to come to your house like this. The height of impertinence. But we could not remain at home any longer without thanking you.（*An Artist of the Floating World*, London: Faber & Faber, 1987, p. 20.）

"It is the height of impertinence"といった誇張法は、イギリスではインド人や中国人が使う英語の特徴の一つとして小説や演劇、テレビドラマなどによく登場する。イシグロはこのようにあえて、誰でも知っている分かりやすいステレオタイプを使うことによって、「日本」を舞台にしたこの二つの小説が、実は日本を扱っているわけでも、日本人をとりあげているわけでもないことを明らかにしようとしたのである。

『女たちの遠い夏』ではさらに、その筋書きにも、『蝶々夫人』のような、オリエンタリズムの図式が登場する。ここでは語り手はエッコという、長崎で生まれ育った日本人の女性であり、彼女は最初の結婚に失敗して、イギリス人の男性と再婚し、小説の冒頭では、一人でイギリスに住んでいるという設定になっている。エッコには、日本人の夫との間にケイコという娘がいて、イギリス人の夫との間にはニキという娘がいるが、ケイコはイギリスの生活になじめず、イギリス人の父親との関係もうまくいかず、家を出て一人暮らしをしていた下宿の部屋で、首を吊って死ぬ。やはり家を出て、ロンドンで暮らしていた次女のニキが、姉の死の知らせを聞いて母親を訪ねて来るが、二人はあまりケイコについては触れず、エッコは、ケイコのことを思い出す代わりに、ずっと昔、戦後まもなくの長崎で出会った、サチコという女性と、その娘のマリコという少女について思いをめぐらし始める。

　サチコはアメリカ人の男性と恋愛関係を持って、彼に何度も裏切られながらも、娘を連れて、その男性とともに、アメリカに移って、豊かで幸せな生活ができると夢見ており、まさに「マダム・バタフライ」そのものである。しかしイシグロがここで、「マダム・バタフライ」的なサチコの物語を語りたいわけではないことは明らかである。エッコは過去を回想するうちに、幼い娘のマリコをまったく未知の世界であるアメリカに連れていこうとするサチコを、娘のケイコを連れて、イギリスにやってきた自分の姿と重ねていく。そうするうちに、どこまでがサチコの話で、どこからが自分の話なのか、あの時は自分は本当は何を考えていたのか、なにが事実だったのかといったことがだんだんと曖昧になっていくのである。アメリカ人の恋人に不信感を抱きながらも、今の自分の境遇にとどまっていることには我慢できず、「娘のため」という言い訳を繰り返しながら、けっして将来が保証されているわけではない、新しい国の新しい生活へとびこもうとするサチコはいつのまにか、語り手のエツコ自身に変わってしまっている。サチコの娘のマリコが「アメリカに行きたくない」と自分に訴えるのを最初は「行けばアメリカを好きになるわよ」と諭しているエツコだが、二人の会話が進んでいくにつれて、はじめは「あなた」と言っていたのがいつの間にか「私たち」に変わっており、しまいには、「気に入らなかったら私たちは戻ってくればよいのよ。でも試しに行くだけ行ってみましょう」と、エツコ自身が自分の娘を諭している会話になっているのである。語り手が自分の記憶をたどっていくうちに、他人と自分が混乱していく。語り手のこの「意識の流れ」を読者は追っていかなければならないのである。

このような記憶の混乱は、『浮世の画家』でも中心的なテーマになっている。語り手のオノは、自分が戦争犯罪人として見られていると思っているのだが、そんなことはまったくないどころか、そもそもそこまで重要視されていなかったと娘に言われる。オノの語りで進むこの小説を読み進むにつれて読者は、娘をはじめとするまわりの人間が嘘を言っているのか、あるいはオノが自分を過大評価しつつ、記憶をみずからゆがめていっているのか、わからなくなっていくのである。

したがって、イギリスに住む外国国籍の作家が書いたものであっても、この小説が異文化との遭遇や故郷の喪失といったテーマを扱った写実的な性質のものでないことは明白である。しかし作者の「故郷」であり、さらに、イギリス人にとってはまだまだなじみの薄い「日本」が舞台に設定されているということで、最初の二つの小説はどうしても「本当の日本」が描かれている作品と受け止められてきたのも事実だろう。一方、これらの作品を日本語訳で、読んだ日本の読者からは「日本の描写が不正確である」という不満の声もあがっていた。

イシグロはこのような、写実主義を前提とした批判に反発して、次の小説『日の名残り』の舞台をイギリスにしたと語っている。この語り手のスティーヴンズも、『浮世の画家』のオノと同様、自分が信じていたことがらが間違いだったと気づき、自分の過去を回想するが、その回想の過程にもオノの場合と同様に、矛盾や自己欺瞞が表われている。さらに、butler であるスティーヴンズの語り口があまりにも「イギリスのバトラー」というステレオタイプどおりであり、カリカチュアと呼べるものにもなっている。そもそも現代のイギリスでは、バトラーとは、大多数の人にとっては小説や演劇、映画やドラマを通して知る、いわゆる stage butler（「舞台のバトラー」）と呼ばれる、カリカチュア的な存在でしかない。個人的な感情はいっさい表わさず、余計なことも言わず主人に忠実につかえ、仕事にも有能だが、つねに影の存在であり、自己主張をしない、というのが「舞台のバトラー」であり、イシグロの小説では、語り手はこのような典型的なバトラーである。自分自身は、生涯に大きなことをなしとげることはとてもできないが、雇い主であるダーリントン卿が、大きな影響力を持つ人物で、国のために貢献している。その雇い主にバトラーとして支えることに、自分の尊厳（dignity）をみいだそうとしている。しかし、後にスティーヴンズは、崇拝していたダーリントン卿が、ナチス・ドイツに対する宥和政策を奨励し、策略を弄していたために、新ナチ派の売国奴とみなされるようになることを知る。自分の信じていたものを否定されて衝撃を受けたスティーヴンズは、オノと同様、自分の過去をたどってなんとか自分の「尊厳」を取り戻そうと、自己欺瞞や正当化に満ちた回想の旅を始めるのである。

イシグロの長編小説はすべて一人称で語られているため、イシグロの作品を論じる際、**unreliable narrator**（「信頼のおけない語り手」）という表現が使われることが多い。この用語はもともとはイギリスの評論家のウェイン・ブースが、一九六一年に出版された『フィクションの修辞学』で使ったものだが、イギリスの文学者で小説家のデイヴィッド・ロッジが著書 *The Art of Fiction*（一九九二年。邦題は『小説の技巧』）で『日の名残り』の語り手について使ってからは、イシグロの作品の書評には決まって「信頼のおけない語り手」という表現が使われるようになる。しかし、イギリスの小説で、この手法が使われるときには、語り手の言葉遣い、語彙、文法などによって、その性格や受けてきた教育、そして所属する階級が表現され、登場人物の一人としての語り手について読者は明確なイメージを抱くことができるのである。例えばいわゆる「怒れる若者たち」の一人として注目された、ジョン・ブレインの *Room at the Top*（一九五七年。邦題は

『年上の女』）の語り手で、ワーキング・クラス出身のジョー・ランプトンとか、ジョン・ファウルズの『コレクター』（一九六三年）の、ルサンチマンと劣等感のかたまりの、ロウアー・ミドル・クラスの語り手のフレデリック・クレッグなどは、読者がその語り口から彼らの階級その他の情報を得ることができるため、彼らの目を通して、ものごとが語られているのがすぐに理解できるのである。しかし、イシグロの作品の語り手に関しては読者はこのような情報を与えられていない。最初の二作品では語り手は読者にとってはイメージすらもはっきりしない「日本人」であり、『日の名残り』では語り手は明らかに、「舞台のバトラー」のステレオタイプなのである。こうして語り手について文化的背景とか、階級といった余分な情報を与えないことによって、イシグロは人がいかに記憶を自らゆがめ、新たにつくりかえていくかというテーマの普遍性を強調しようとする。しかし、小説を写実として読む習慣を簡単に変えることのできない読者にとって、語り手の人物像がまず気になってしまう。『日の名残り』にしても、「語り手の英語が不自然で、それは作者が日本人で、イギリスのことを十分に理解していないからだ」といった批評を書く評者もいたのである。

こうして、日本を書いてもイギリスを書いても、どうしても写実主義的な読み方をされるため、『充たされざる者』（一九九五年）では、イシグロは小説の舞台を、ヨーロッパ中部のある架空の町にしている。そこに、演奏会をひらくために到着した有名なピアニストのライダー（彼のファースト・ネームは最後まで明かされない）は、到着したとたんに、不条理の世界に入っていく。演奏会が開かれる前に、町のさまざまな名士に会い、晩餐会でスピーチをして、その合間に自分の曲の練習をしてと、忙しいスケジュールがあるはずなのだが、スケジュールそのものも彼に知らされていないだけでなく、次々とそのスケジュールも変わっていき、また、彼に様々な要求や頼みごとをする人物が彼の前に次々と現われる。この小説もライダーの一人称の語りになっているが、読者はすぐに、この仕組みそのものがまったく信用できないものであることに気づく。ライダーが到着したホテルで、彼の荷物を部屋まで運ぶポーターは四ページ半にわたって、ライダーを相手に一人で話し続け、その後一ページ半にわたって、同じエレベーターにいつのまにか乗っている、ライダーの世話係が話を続ける。その間彼らはずっとエレベーターに乗っており、いったい何階までいくのかと読者は混乱させられる。しかしこれは序の口で、その後ライダーはなぜか寝室用のガウンとスリッパという姿のまま、晩餐会にでることになり、何十分も車に乗って、会場につくと、そこがいつのまにか自分の出発したホテルの隣になっていたり、かなりの時間をかけてようやくたどりついた演奏会場も、なぜかいつのまにかホテルの隣だったりと、空間も時間も完全にゆがめられている。それればかりではなく、ライダーの語りはいつのまにか、自分がとうてい会話を聞き取ることのできない、遠くにいる二人の人物の会話を、一語一語正確に伝えていたり、初対面であるはずの女性がいつのまにか彼の帰りを待っているパートナーであったりと、ナラティヴのルールもまったく守られていないのである。読者はまるでライダーの夢の中に入ったような感覚になり、もらったはずのスケジュールがないとか、演奏会に向けて練習ができないとか、寝巻き姿で晩餐会に出席するといったエピソードの連続は、作家として有名になってからは、プロモーションや講演のツアーの連続ですっかり疲れているとこぼしていたイシグロ自身の悪夢を反映しているのではないかとさえ思わされる。手法としては面白いが、ページ数が、ペーパーバック版で五三五ページという長さということもあり、「他人の夢の話を聞くことほど退屈なものはない。特に語り手が退屈な人物ならばいっそうだ」という酷評もされた。しかしこの作品ではイシグロは自分の作品が写実主義的な性質のものではないということを、イギリスの読者に対しても、日本の読者に対しても、ようやくはっきりとさせたと言えるだろう。

それでも、例えば次の作品の『わたしたちが孤児だったころ』（二〇〇〇年）の書評では、相変わらず、語り手の使う英語が、語り手が属すると想定される階級の人間の話す英語とはずれている、といった書評が書かれた。この作品では語り手は探偵であり、時代も一九三〇年代から一九五〇年代くらいまでという設定になっている。主人公は上海で少年時代を過ごしたイギリス人であり、上海で突然姿を消してしまった両親を、大人になって探偵になった語り手が探しに行くという筋書きである。この語り手をそのおいたちや交友関係から、アッパー・ミドル・クラスと推定したある評者は、「この語り手は最初から最後までレナード・バースト〔E・M・フォースターの小説『ハワーズ・エンド』に登場する、ロウワー・ミドル・クラスの男性〕のような英語を使う」と批判し、この語り手の属する階級が、その語り口と合っていないということで、この作品が「台無しになっている」と嘆いているのである。イシグロのナラティヴ・スタイルの意図は、このように、特に写実主義的な小説の伝統を持つイギリスでは理解されにくい。彼はあえて、このような無個性な、かつ不自然にも思われるほど、個人的な癖をなくした英語、いわば型にはまった英語を作品の語り手に使わせることによって、その語り手個人から読者を遠ざけ、一つの国籍を持ち、一つの階級に属する個人としての語り手という、一人の登場人物の物語ではなく、それを超えた、より普遍的なテーマを、読者の前に明らかにしようとしているのである。

　最新作の『わたしを離さないで』（二〇〇五年）では、語り手は、最初は、ごく普通の、イギリスの寄宿学校を卒業した女性のように思えるが、すぐに彼女と、その学校の仲間たちは、臓器移植を目的に作られた、クローン人間であることが判明する。かといって、これはクローン技術に警告を発したSF小説といったわけではなく、限られた命を持ち、しかも普通の人間と違って、自分の命がいつ絶たれるかをはっきりとわかっている人々が、どのように生きていくのかということを描いた作品である。ここでも語り手のキャシーは、イシグロのほかの語り手たち同様の、「無個性」かつ「不自然」な英語を使っているのである。

　このようなイシグロの手法を、自分のエスニシティの問題をあえて避け、「ポストエスニシティという夢の世界へ取り込まれていく、「反動的な行為」と批判する評者もいる（Sheng-mei Ma, *Post Identity*, 1999）。しかしイギリスにおけるイシグロの立場は、サルマン・ラシュディ、ハニーフ・クレイシ、ティモシー・モーといった、旧植民地系の作家たちに比べて、自分のエスニシティと向き合うという必要にせまられるものではなかった。彼はある意味でじつに素直にイギリスに溶け込み、イギリスと日本の二つの文化を自分の中で生かしながらも、そのどちらにも完全に属することのない自由さ、そしていずれの文化に対してもある距離を保っている。この語り口にはイギリス的、日本的というカテゴリーを避け続け、どちらにも本当に属しているという意識のない、イシグロ自身の姿が反映されているとも言えるだろう。

カズオ・イシグロの声をめぐって

藤田由季美

1　裏切られる快感――信頼できない語り手

カズオ・イシグロは読者を裏切る。そして読者は時にその裏切りに加担したり、裏切られることに快感を覚える、そんな不思議な作家だ。

イシグロの小説の特徴といえば、『日の名残り』（一九八九年）の主人公、スティーヴンズに代表される「信頼できない語り手」がまず思い浮かぶだろう。「文学的美点など何もなく」、「機知にも感性にも独創性にも欠ける」語り手であるスティーヴンズが、「もしかりに信用できる語り手であったならば、できあがった作品は、当然のことながら、とてつもなく退屈なものになっていただろう」[1]とデイヴィッド・ロッジが指摘する通り、「信頼できない語り手」は、イシグロ作品の魅力を語るうえで欠かせない要素だ。

イシグロの小説では例外なく、主人公である一人称の語り手の声が物語を紡いでいく。その声は過去の記憶と現在の意識のあいだを往還する。つまり過去の記憶に遡り、自分の立ち位置を確かめながら、またそれに修正を加えながら、現在の自分を取り巻く世界を描いていく。しかし記憶という媒体を通じて構築された世界は、真実を映しているとは限らない。なぜなら記憶というものは曖昧だからだ。平気で嘘をつくし、捏造する。時には語り手自身をも裏切る。当然、語り手というフィルター越しに物語世界を覗いている読者も裏切ることになる。ゆえにイシグロの語り手は「信頼できない」のだ。しかし読者はそれを承知している。語りの中のそこここに見える綻びから、故意にせよ偶然にせよ、語り手が何かを隠蔽していることに気づくからだ。時折、気づいてくれとばかりに、ぱっくりと大きく開いた綻びを発見しては、「信頼できない語り手」と共謀している気になり、ほくそ笑むこともある。ほんの一例をあげてみよう。

ある日、スティーヴンズは自分の部屋で読書の最中に、ミス・ケントンの訪問を受ける。彼女はスティーヴンズが何を読んでいたのかに興味を持ち、見せてくれと彼に迫る。頑なに拒むスティーヴンズの態度に、きっと何か見せられないような本を読んでいたに違いないと邪推した彼女は、からかい半分に強引にその本を奪う。「まぁ、ミスター・スティーヴンズ。嫌らしい本などではなく、ただの感傷的な恋愛小説ではありませんか。[2]」自分が恋愛小説を読んでいたことがばれて、ばつが悪いスティーヴンズはこの後、読者に向って延々と言い訳を並べたてる。自分は本気でこの類の本を読んでいたわけではなく、英語力の向上のために、また客人との会話に生かすために読んでいたのだ、云々。挙句、自分の信条の問題に掏り替えてしまう。

こう申し上げると、たかが恋愛小説のことで、私があの夜とった態度は正しくなかったと言っていると思われるでしょうが、そうではございません。私の信条に関する重要な問題であったことをご理解いただかねばなりません。実は、ミス・ケントンが私の食器室へ侵入してきた時、私は「仕事を離れて」いたのでございます。当然のことですが、自分の職業に誇りを持つ執事ならば――かつてヘイズ協会が言ったように、「自らの地位に見合った品格」を目指している執事ならば誰であれ、他人の前で仕事を離れるようなことは、絶対にしてはならないのです。[3]

感傷的な恋愛小説を読んでいるのをミス・ケントンに見つかった際の動揺を、執事としての品格の問題を持ち出して、もっともらしく釈明しているが、結局は後付された言い訳にしか聞こえない。また、同じ場面で、目の前にいるミス・ケントンが「表情に奇妙な真剣さを浮かべて」、スティーヴンズに親密な感情を示していたにもかかわらず、それに対して「ほとんど脅えているように見えました」(4)としか言えない彼の鈍感さに、読者は苦笑を禁じえない。語り手の特権を生かして、しばしば事実を都合よく歪曲するスティーヴンズの語りは、実は彼の自己欺瞞にほかならないことに、読者は早晩気づくのだ。

イシグロの「信頼できない語り手」は読者を裏切る。読者はそれを自覚し、語り手の言葉の裏にある真実を掘り起こしていく。この相互作用こそが、作品の絶大なる効果を生み出し、物語は一層輝きを増す。欠くべからざる駒として、読者ははなから物語にとりこまれており、自分でもそれと知らぬ間に、作中、姿の見えない登場人物を演じているのだ。もちろん、すべてを背後で操っているのはイシグロだ。このように、二重、三重に張り巡らした網を掻い潜って、ようやくイシグロまで辿り着いた時、読者は読者たる快感を覚えるのである。

2 「自分の声をアップデート」する

イシグロの長篇第六作『わたしを離さないで』(二〇〇五年)では、しかし、これまでイシグロ作品のいわば代名詞のようになっていた「信頼できない語り手」は出てこない。これはイシグロ自身が意図的にしたことであると認めている。

若い書き手にはね、自分の声を見つけなさい、というのは大変いいアドバイスです。でも、これでいいんだ、と決めてしまうのは大変危険です。歳とともに自分が変わり、世界が変わるなかで、声も当然、新しいものを探さないといけない。過去にうまくできたこと、褒めてもらったことを捨てるのはつらいことですが、そのままでは、中年が若者の服を着ているみたいなものです……

『わたしを離さないで』でも、これまでの作品でずっと使ってきた、「信頼できない語り手」を使うのはよそう、と決めたんです。(5)

（傍点筆者）

この作品で新しい「声」を実現するために、イシグロは「信頼できない語り手」という、過去に「褒めてもらったことを捨て」て、「基本的にはきわめてストレートな語り手(6)」を採用し、クローン技術という最先端の遺伝子工学を題材にするなど、工夫を凝らしている。

ところで、この「声」という言葉を、イシグロは以前からかなり意識して使っている。イシグロの「声」の定義は以下のようになる。

自分の声を見つけた時点で、人は本物の作家になるんだというわけです。それはつまり、書く文章に、その人にしかないものがあるということです。これならほかの人と間違えようがない、そういうものがあるということです。
だから、書くことの目的とは、自分が崇拝している作家のように書けるようになることではない。自分が何者なのかを発見し、それを表現できるような書き方を見つけるということだというわけです。(7)

イシグロの言う「声」とは、狭義に語り手の声をさすだけではなく、それも含めて、日々変化するその時々の自分を捉えて作品に表現する方法であり、同時に文章にあらわれる作者の強烈な個性を意味するものだとわかる。作者の自己同一性《アイデンティティ》そのものといってもよいだろう。そして「歳とともに自分が変わり、世界が変わるなかで」、声も変化しないといけない。「声を一回見つければそれで終わり、というほど話は単純じゃないということです。ある意味では、つねに、どの時点でも、そのつど新しい声を見つけなくてはならないんじゃないか」。「自分の声をアップデートしつづけないといけない……そうして、その今の自分を表す声を見つけないといけないんです」等々(8)、イシグロは常に自分の声を更新する必要性を意識している。その時の自分を最もリアルに表す声を求めて、「自分の声をアップデート」し続ける。それを自らの課題として、常に前に進んでいく。作家として誠実で勇気のある行為と言えるだろう。

イシグロの「声」についての考えをこのように辿ってみると、彼の作風が『日の名残り』と『充たされざる者』（一九九五年）の間で一変したこと、そしてそれ以降、イシグロが決してひと処にとどまっていない理由がよくわかる。これまでのイシグロの作品をざっと並べてみよう。デビュー作『遠い山なみの光』（一九八二年）、続く『浮世の画家』（一九八六年）、そしてブッカー賞を受賞した『日の名残り』によって、イシグロは一気に人気作家の地位に登りつめた。いずれも抑制のきいた巧緻な筆致で、叙情豊かな、どこか郷愁を誘う世界を描いた秀作だ。続く作品でもそんなイシグロ・ワールドを期待していた読者は、『充たされざる者』で見事に肩透かしを食らうことになる。カフカ的不条理な世界を描いたシュールな実験小説的作品。あまりの変貌ぶり（いや、変節と言った方がいいだろうか）に、読者は戸惑い、賛否両論を招いた。その後、両親の失踪の謎を追う探偵が主人公の探偵小説『わたしたちが孤児だったころ』（二〇〇〇年）、クローン人間が主人公のSFミステリー風の『わたしを離さないで』へと、イシグロは作品の振り幅をどんどん広げていく。

『日の名残り』でブッカー賞という名だたる文学賞を受賞して、揺るぎない名声と創作の自由を手に入れたあと、イシグロがリアリズムの小説家というレッテルを自ら剥がすために、意図的に作風を変えたことは、自身がいくつものインタビューで語っている通りだ。しかしもっと本質的な理由は、先に論じた「自分の声をアップデート」し続けるという、自ら課した義務のためであったことがわかる。

さて、このように一作一作違う声が聞こえるイシグロ作品であるが、不思議と読者はそれほど違和感を覚えることはない。というのも、異なる複数の声の後ろから、もっと大きなひとつの声が聞こえてくるからだ。つまりは、個々の作品の表面にあらわれているものはまったく違うように見えても、真ん中にはぶれることのない核のようなものがあり、イシグロ作品の根底に流れているものはすべて同じであるという感覚を読者は抱くのだ。

作品ごとに舞台設定を変えることを、自分自身と読者のために楽しんでいるのではないかという、あるインタビューでの質問に、イシグロは以下のように答えている。

> まぁ、心の奥底では、表面はそれほど重要ではないと思っています。表面は装飾の一部です。私に厳しく反論する人もいるでしょうが、私にとっては、そうであるからこそ、小説は、表面について事実を報道することが非常に重要な、ノンフィクションの作品や歴史書やジャーナリズムの作品と異なるのです。私の場合は小説という手段に訴えます。表面の下にあるメタファーや神話が言いたいからです。表面の下に隠れている普遍的なストーリーが言いたいからです。……舞台設定は私にとってそれほど重大ではないのです。私が問うのは、底流にあるヒューマン・ストーリーです。[9]

イシグロの作品はどんな舞台設定であっても、すなわちどんな声で語られていても、すべては同じモチーフの変奏曲なのだ。表面の装飾音に眩惑されることなく、じっと耳を澄ましていると、その下にある「メタファーや神話」、「普遍的なストーリー」、「ヒューマン・ストーリー」という主旋律が次第にはっきりと聞こえてくる。これこそぶれることのないイシグロの作品の核である。

イシグロとの対談の中で作家の池沢夏樹は、イシグロ作品に見られる文学の「普遍性」について解説している。

> 大事なのは舞台やことばづかいではなく、その奥にある人の心の働き、動きですよね。イシグロさんは、日本人らしい心の動きを描かれたのではない。もっと普遍的な人間の心の動きを描かれたわけで、だからあれは傑作なのだと思うのです。日本文学という枠組みを見事に超えています。舞台をどこに取ろうが、主人公がどういう人種、国籍であろうが、文学には普遍性があって、それこそが大事なのだ、とぼくは思っています。[10]

これはデビュー作の『遠い山なみの光』について述べているくだりであるが、イシグロの他のどの作品にもあてはまるだろう。主人公（／語り手）が誰であっても、舞台がどこであっても、イシグロ作品の表面を覆ったベールを一枚一枚剥がして、次第に中心に透けて見えてくるのは普遍的な「人の心の働き、動き」なのだ。これが、池沢が文学の「普遍性」と称するものであり、つまりはイシグロの言う「メタファーや神話」、「普遍的なストーリー」、「ヒューマン・ストーリー」と同じものと考えてよいだろう。

3 『わたしを離さないで』について

さて、いま一度、『わたしを離さないで』に話を戻そう。この作品では、どうしてもクローンという特殊な設定ばかりに目が向けられがちであるが、「人の心の働き、動き」を描いたヒューマン・ストーリーという点では、これまでのイシグロ作品と何ら異なることはない。事実イシグロも、「私はそれ〔クローンの子供についての奇怪な話〕が、普通の人間の人生を生きていく過程の反映になるように、かなり入念に書きました」(11)と言っている。しかもこの物語では、「きわめてストレートな語り手」であるキャシーが、感情を表に出さずに、淡々と事実を積み重ねていくことで、イシグロのメッセージが「ストレート」に伝わってくる。いくつか象徴的な場面をとりあげてみよう。

キャシーらクローンの子供たちが暮らす施設、ヘールシャムの保護官のひとりは、自分たちが存在する本当の意味を理解していないと、彼女たちのことを嘆く。

あなた方は教わっていても、誰一人として、本当に理解してはいないのです。……あなた方の誰もアメリカに行くことなどありませんし、映画スターにもなりません。誰かが先日言っているのを耳にしましたが、スーパーで働くこともないのです。あなた方の人生はもう決まっています。これから大人になって、老いる前に、中年にすらなる前に、あなた方は臓器提供を始めるのです。あなた方はそのために作られたのです。……あなた方はひとつの目的のためにこの世に生まれてきて、未来は決定されているのです。(12)

確かにキャシーらを待ち受けている運命は過酷なものだ。しかし臓器提供という特異な点を差し引けば、これは「普通の人間の人生」の現実と同じと言えるのではないか。人の一生は生まれた時に決定され、その運命から逃れることはできない。人生に無限の可能性が広がっているなどというのは、幻想にすぎない。人は与えられた運命を甘んじて受け入れるほかないのだ。そして誰にどう教わろうとも、実際に自分の足で人生を歩み始めるまで、この現実の重さを「本当に理解」などできないのだ。

以下の引用は、キャシーがヘールシャム時代の友人ルース、トミーと三人で、湿地に座礁した船を見に行った場面である。

前方には見渡すかぎり湿地帯が広がっていました。青白い空は果てしなく、地面に散らばった水溜りに、時おり空の色が映っていました。それほど遠くない昔、この森はもっと広がっていたに違いありません。なぜなら、ひっそりと枯れた幹が地面のそこここから突き出ていましたから。たいていは数フィート頭を出したところで折れてしまっています。それら枯れた幹の向こう、恐らく六十ヤードほど先に、その船はありました。湿地の中で、弱々しい太陽の光に照らされて[13]。

この時、ルースは一度目の、トミーは二度目の提供をそれぞれ終え、キャシーはルースの介護人を務めていた。すでに自分たちの人生の終わりが見え始めている彼女たちにとって、この風景は美しくも、悲しい。地面から突き出ている枯れた幹は、臓器移植の使命を終えた仲間たちを思い起こさせる。ここはさながら彼らの墓場で、座礁した船は墓標のようだ。

それからわたしたちは座礁した船を眺めました。塗装はひび割れ、木製の小さなキャビンの骨組みは崩れかけていました。かつては青く塗られていたのが、今、空の下ではほとんど白に見えます[14]。

キャシーは船を見て思う。「どうやってここに来たのかしら[15]」と。彼女たちも同じなのだ。どこからともなく、この世に生まれてきて、粛々と使命を果たしたあとは、誰にも知られずに、ひっそりと朽ち果てていく。座礁船を前に、ルースが自分の臓器提供について語る台詞がすべてを物語っている。「提供者になる準備はできていたわ。それでいいんだって思った。だってつまりは、それがわたしたちのやるべきことだものね[16]」。

運命は不可避だ。なにか普遍的な、絶対的なものの力を借りて運命を切り拓こうともがいてみても、結局は無駄な試みに終わる。キャシーとトミーは愛に希望を託し、心から愛し合う二人ならば、臓器提供の猶予がもらえるという噂を信じようとした。「そういうものはありません。あなたの人生は、決められた道をたどらなければならないのです[17]」。この冷酷な現実の前に、その希望は打ち砕かれる。だがたとえ一瞬にせよ、それによって二人の人生が輝きを放ったことは、誰も否定できないだろう。

迎える小説のラスト・シーン。キャシーはひとり、空想の中に、少し前に亡くなったトミーの姿を思い描く。

もうしばらく待てば、畑の向こう側、地平線に小さな人の姿が現れ、次第に大きくなり、それがトミーだとわかるでしょう。彼は手を振り、恐らくわたしに呼びかけさえするでしょう。――空想はそれ以上進みませんでした。わたしがそうさせなかったのです。涙がほほを伝っていましたが、わたしは泣きじゃくったり、取り乱したりしませんでした。少し待って、それから車に戻りました。どこへなりとも、わたしが行くべきところへと向うために。(18)

作中、感傷にひたるキャシーの姿が描かれることは滅多になく、それゆえに一層、彼女の涙が読者の心に沁みる。人は理不尽だとわかっていても、運命に抗うことも、そこから逃げることもできず、与えられた使命を全うし、そして死んでいく。人が生きるというのは、そういうことだ。しかしどんなちっぽけな使命であっても、それを立派に果すことで、人としての尊厳が生まれる。物語の最後、悲しみを背負いつつ、静かに運命を受け入れ、「行くべきところへ」と向って、ひとり出発するキャシーの姿が美しいと感じるのは、そういう理由からではないだろうか。イシグロがクローンの人生に準えて伝えようとした、「普通の人間の人生」がそこにある。

これからもイシグロは「自分の声をアップデート」し続け、読者に新しい声で語りかけるのだろう。それがいかなる声でも、しかし、「人の心の働き、動き」を語る「普遍的なストーリー」が聞こえてくるにちがいない。

［註］

（1）David Lodge, *The Art of Fiction*, Harmondsworth: Penguin, 1992, pp.155, 157.
（2）Kazuo Ishiguro, *The Remains of the Day*, London: Faber and Faber, 1999, p.176.
（3）*Ibid.*, pp.177-178.
（4）*Ibid.*, p.176.
（5）「僕らは一九五四年に生まれた」、『コヨーテ』二〇〇八年四月号、四二―四三頁。〔本稿の文脈にあわせて、訳語を若干、変更した部分がある。〕
（6）同、四三頁。
（7）柴田元幸編訳『ナイン・インタビューズ　柴田元幸と九人の作家たち』アルク、二〇〇四年、二一九頁。
（8）同、二一九、二二一頁。
（9）「『わたしを離さないで』そして村上春樹のこと」、『文学界』二〇〇六年八月号、一四四頁。
（10）「いま小説が目指すこと」、『ミステリマガジン』二〇〇二年二月号、一二一頁。
（11）「『わたしを離さないで』そして村上春樹のこと」、前掲、一三二頁。
（12）Kazuo Ishiguro, *Never Let Me go*, London: Faber and Faber, 2005, p.73.
（13）*Ibid.*, p.204.
（14）*Ibid.*, p.205.
（15）*Ibid.*, p.205.
（16）*Ibid.*, p.207.
（17）*Ibid.*, p.243.
（18）*Ibid.*, p.263.

カズオ・イシグロにおける戦争責任

「信頼できない語り手」が語る戦争

木下卓

1　なぜ「戦争責任」なのか

カズオ・イシグロ（一九五四―）の作品を読んでゆくとき、作品の内容や文体の秀逸さは別として、『充たされざる者』（一九九五）や『わたしを離さないで』（二〇〇五）などを除く、いくつかの作品の中心テーマが戦争責任と深くかかわっていることに気づくだろう。『遠い山なみの光』（一九八二。最初の邦題は『女たちの遠い夏』）、『浮世の画家』（一九八六）、そして『日の名残り』（一九八九）などでは、戦争責任が取り上げられている。生まれ育ったのが被爆した長崎ということも関係しているのだろうが、太平洋戦争終結の年から九年後（ＧＨＱによる占領が終わって二年後）に生まれ、五歳で日本を後にしたイシグロがなぜ戦争責任を取り上げたのかを考えてみたい。終戦から一五年も経た六〇年安保の年に、まだ幼かった少年が親の仕事の関係でイギリスに渡り、成長し、二〇代も後半から三〇代になって発表した作品のなかで戦争責任を取り上げているというのは、時代の価値のパラダイムの変換とその混乱のなかでの生き方という、とおりいっぺんの説明では片づかないように思えるからである。

『遠い山なみの光』は、イギリスで暮らす女性（悦子）が語り手だが、日本を回想する場面は朝鮮戦争（一九五〇―五三）の頃の世の中が変わろうとする時期にあたり、『浮世の画家』では、一九四八年一〇月から五〇年六月にかけて物語が展開する。また、『日の名残り』は、一九二二年頃からナセルがスエズ運河を国営化した一九五六年七月に時代が設定され、語り手の執事スティーヴンズが長年仕えたダーリントン卿がナチ協力者の汚名を着せられて亡くなった後、新しいアメリカ人の主人に仕えている現在までが舞台となっている。世の中の変わり目を背景に、戦争の遂行に際して積極的、あるいは消極的にかかわり、価値観の一変した戦後の社会で生き延びたり、自殺したり、あるいは転向した者をイシグロはなぜ描かなければならなかったのであろうか。彼らはみな、イシグロが生まれるずっと前に生きた人物であるのに。だが、皮肉な見方をするなら、戦争をまったく知らない世代の作家が、それもイギリスで自己形成期を迎え、成人した日本人が、戦後の文学者ができることなら避けて通ろうとしてきた問題を、明確に意識していたかどうかは別にして、取り上げたところにこの作家の新鮮さを感じ取った読者もいたはずである。

2 「信頼できない語り手」が語る過去

一九八二年発表の『遠い山なみの光』では、イギリスの片田舎でひとり暮らす悦子が、イギリス人との二度目の結婚で生まれた娘ニキの帰省中に、朝鮮戦争の頃に過ごした長崎での生活に始まり、みずからの来し方を想い起こしてゆく。イギリス人の夫とは死別し、日本で生まれた景子は精神を病みマンチェスターの借りていた部屋で縊死した。まだ戦後の混乱が残る長崎で景子を身ごもっていた頃の回想（＝過去）とニキとの暮らし（＝現在）を交錯させながら、悦子の回想は続いてゆく――。

娘の幸せを第一と考えて、一度は裏切られながらも、あてにならないアメリカ人との生活に将来を賭ける佐知子、戦時中に人間の務めと考えてたずさわった軍国主義教育に誇りを持ち、手のひらを返したようにそれを非難する戦後の風潮に反発する義父の緒方さん――戦争と敗戦によってそれまでの人生を大きく変更せざるをえなくなった人々が登場する。そして、最初の夫であった緒方二郎との生活。

緒方誠二はかつて長崎で教師をしていたが、妻に先立たれ、今では隠退して福岡でひとり暮らしている。彼は、図書館で読んだ雑誌に掲載されていた論文のなかに、懇意にしていた遠藤博士と自分の名前を見つけたのだ。それを書いたのは、息子の二郎とよく遊んでいた男で、誠二が知り合いの高校の校長に紹介して教師になった松田重夫だった。松田は共産党に入党したという噂があり、その論文の内容は、遠藤博士と誠二が退職したのは当然であり、終戦と同時に追放されるべきだったという論調であった。たしかに、誠二は戦時中の体制を支持し、軍国主義教育を誇りに思っていた。

……われわれが負けたのは大砲や戦車が足りなかったからだ。国民が臆病だったからでも、社会が浅薄だったからでもない。重夫君、君にはぼくらのような者たちがどれほど努力したのかわかっていない。ぼくや遠藤博士のような者がね。きみは遠藤さんのことも非難しているがね。ぼくらは心底からこの国のことを思って、立派な価値のあるものを守って、次の時代に伝えようと努力したんだ[1]。

こう言う彼に、松田は「それは疑いません。誠実に努力されたことを疑っているわけではありません。そんなことは、少しも疑ったことはありません。その努力の方向が結果としてまちがっていた。悪い方向へ行ってしまったんです[2]」と応じて、時代は変わり続けており、緒方が偉かった頃とは違うのだというのである。緒方には、終戦を機に人間の心がこうも簡単に変わってしまい、世間が手のひらを返したようにかつての教育を否定するのが受け入れられない。就職の世話をしてもらった恩人のことを、終戦と同時に追放されるべきだった、などとどうして非難できるのか。しかし、緒方が軍国主義教育に深く加担していたことは、松田の「実を言いますとね、あなたのお仕事のある面についてもぼくは知っているんですよ。たとえば西坂の教師が五人、首になって投獄されたでしょう。一九三八年の四月でしたかね。しかしその人たちも釈放されました。その人たちがぼくらに新しい夜明けを教えてくれるんです[3]」という言葉からも明らかだろう。事情がどうであれ、緒方の言動がきっかけとなって五人が投獄されたのは疑いえない。一九三八年といえば、盧溝橋事件の翌年である。この事件が発端となって日中戦争（日華事変、支那事変）が始まるのだが、五人の教師がこの事件に批判的な言動をとったことが、緒方をとおして何らかのかたちで軍部の耳に入ったのだろうと思われる。

この場面は、緒方誠二が悦子と外出した際に松田の家の前を通りかかり、昼休みに帰ってきて学校へ戻ろうとしていた重夫を呼び止めたときに交わされたやりとりを、近くにいた悦子が耳にして語ったものである。だが、松田が立ち去ってゆく姿を佇んで見つめていた緒方が、振り返って悦子を見た目には微笑が浮かび、「若い者には自信がある。私も昔はああだったんだろう。自分の思想に確信をもっていたんだ[4]」と語るのは、読者には理解しがたい。戦中の信念を戦後も抱き続けているのなら、松田に譲歩するような、こうした言葉が口をついて出るはずはないし、松田に論文の内容について異議を差しはさみたいと強く思っていたはずの自分自身から乖離しているように感じられるからだ。このような緒方の態度は、記憶というのは当てにならない、今思い出せることは事実と違っていたという時が来るかもしれない、と何度も語る悦子が「信頼できない語り手」だからであろうか。それとも緒方は、彼女が好意的な想い出を抱いている脇役であるがゆえに、ひとつの使命に賭けた者が持つ矜持と自己欺瞞をあるがままに描きだせていないからだろうか。

3　「信頼できない語り手」の戦争責任

『浮世の画家』には、習作ともいうべき二つの短編がある。『グランタ』(*Granta*) 誌の七号(一九八三年三月)と一七号(一九八五年九月)に掲載された、「戦争のすんだ夏」('The Summer after the War') と「一九四八年一〇月」('October, 1948') である。前者は、一九四五年三月の東京大空襲と思われる空襲で被災した後、鹿児島に暮らす祖父母のもとに逃れてきた七歳の孫、一郎が語り手となって、今では筆を折っているかつては高名な画家であった祖父との生活や、就職のために一筆書いてほしいと脅迫まがいの狡猾さで迫る教え子とのやりとり、そして祖父の病気と回復を描いた短編である。また後者は、小野益次を語り手に、マダム川上のバーで信太郎という教え子と就職の推薦をめぐるやりとりを、小野のかつての社会的地位と現在をからめて描いたもので、ほぼそのまま『浮世の画家』に挿入されている。

ここで問題なのは、「戦争のすんだ夏」における祖父と戦争とのかかわりが孫の一郎の目をとおして明るみに出されている点である。一郎が感じ取る祖父の戦争協力は、叔母から祖父が有名な画家だったと聞いていたにもかかわらず、祖父の絵を見せようとしない祖母の態度、祖父とかつての教え子との緊迫したやりとり、お手伝いとともに目にした祖父の描いた戦意高揚のポスターなどから浮かび上がってくる。しかし、東京で被災した経験をもっているとはいえ、まだ七歳の子どもの視点から戦争責任という問題を浮かび上がらせるのは、どう考えても無理な設定ではなかろうか。この短編を読むかぎり、一郎の祖父を見る目はあまりに早熟で、冷静だからだ。これでは、七歳の一郎は「信頼できる語り手」になってしまう。そこで、「一九四八年一〇月」では「戦争のすんだ夏」の祖父に酷似した小野益次を語り手に、彼のもとを訪ねてきたかつての教え子を信太郎とすることによって、また一郎を脇役にまわすことによって『浮世の画家』全体の構成を練り上げたのではなかろうかと想像されるのである。

『浮世の画家』は、イシグロが生まれる前の一九四八年一〇月から五〇年六月にかけての、長崎を思わせる架空の地方都市に舞台が設定され、語り手が戦争画家であったこと（＝過去）と戦後の急速な民主化へのとまどい（＝現在）を語る長編小説である。語り手の小野益次は、かつては自他ともに認める有名な画家で、開戦の前年から内務省文化審議会の委員や非国民活動統制委員会の顧問を務めた人物であった。この市で長年にわたって尊敬されていた実力者の死後、彼が住んでいた立派な邸宅を手に入れ、終戦の年に妻に先立たれた後、次女の紀子と二人で暮らしている。長男は満州で戦死し、遺骨が終戦の翌年にほかの戦死者の骨といっしょに戻ってきた。また、長女の節子は開戦の二年前に結婚し、一郎という小さい子どもがいるが、紀子の縁談がまとまっていないのが悩みの種である。

益次は戦前、芸者、桜の花、池の鯉、寺院など「日本らしく」見えるような外国人向けの絵を量産する工房の絵描きだったが、それにあきたらず、自分の絵に目をとめてくれた版画家でもある画伯のもとで絵を描くようになった。しかし、やがて「現代の歌麿」と称されていた画伯の、「浮世の風俗」がもつ微妙で繊細な幻想的な美にも満足できなくなって彼のもとを飛び出し、戦時体制に協力するような絵を描き始め、一家をなして何人もの弟子を育てあげた経歴をもっている。

順調に進んでいるかに思われていた紀子の縁談がこわれた原因を、両家の格の違いだと考えていた益次は、里帰りした節子が彼の解釈に納得していないことから、見合いをした相手と偶然出会ったときの会話を思い出すのである。相手の話によれば、親会社の社長が戦時中に社員を巻き込んだいくつかの事業の責任をとって、戦没者の遺族へのお詫びのしるしとして自決したというのである。これに対して小野は、祖国が戦争を始めたら国民はそれを遂行するために全力を尽くすべきであり、それを恥じたり、死んでお詫びをする必要などないのだと答えるのだが、相手は、本来なら死んで謝罪すべきなのに、自分の責任を直視せずに戦時中の地位にぬけぬけと戻っている卑劣きわまる人間がいる、と言うのだ。今の益次はもう絵筆はとっていないし、隠退した市井の人にすぎないが、このやりとりは、益次の戦時中の言動が原因となって紀子との縁談が破談になったことを暗示させる。だが、相手の言葉が自分への批判だと受け取っているのかどうか、益次は明らかにしない。ここで、彼もまた「信頼できない語り手」なのではないかと読者は疑い始めるのである。

『浮世の画家』の小野は、みずからが戦争協力者であったことについては、『遠い山なみの光』の緒方誠二同様はっきりと自覚している。信太郎から占領軍当局を納得させるため任用審議会に一筆書いてほしいと頼まれたとき、「なぜ過去を直視しないのか」と叱りつけ、ポスター競作で名を上げて名誉も賞賛も手に入れたではないか、世間では今、その作品について別の見解を持っているかもしれないが自分を偽ることはない、と言い放つし、紀子の新たな縁談の相手である斎藤家との見合いの席では、自分が多くの過ちを犯し、最終的には国家にとっても国民に対しても有害であったことは認める、しかし、当時は同胞である日本国民の役に立つという信念を持って行動していたのだ、とはっきりと述べるのである。小野は、自分の犯した過去の過ちの責任を取ることは容易ではないが、それを堂々と直視すれば、満足感が得られ自尊心も高まるはずだ、と考えるのだ。一九四六年のGHQ覚え書きを契機とする公職追放を免れて教職に就こうとする信太郎のように、自分の目的を達成するため小さな偽善的行為を続けることは彼にはできない。

また、軍歌の作曲者として戦意高揚に大きな役割を果たしたがために、自分の犯した罪は政治家や軍人のそれに等しいとして自殺した那口幸雄のような人物もいるが、みずからの非を認めた彼の勇気を評価しながらも、小野はそのような行動をとる気はまったくない。かつて戦時体制に協力した画壇の団体に勤め、自分の画風を転換させるきっかけを与えることになった小野の友人松田知州が、「連中（軍の将校、政治家、実業家）はみんな、国民をあんな目にあわせたといって非難されている。しかし、おれたちの仲間がやることはいつだってたかがしれている。君やおれみたいなのが昔やったことを問題にする人間なんてどこにもいやしない。みんなおれたちを見て、杖にすがった年寄りとしか思わんさ(5)」とか「少なくともおれたちは信念に従って行動し、全力を尽くしたんだ(6)」と言うように、那口とは異なり、松田も小野も過去の自分を肯定し正当化する。そのために、小野や松田が戦争協力者であると認知しているほかの登場人物の視点や思考とのあいだにずれが生じてしまうのである。紀子の斎藤太郎との縁談をめぐって、節子から過去の経歴を知っている者に会って最善のことを言ってもらうよう勧められ、関係のあった者に会ったり会おうとするのだが、後になって節子はそんなことを言った覚えはないと答えるし、太郎の父親で美術評論家の斎藤博士とはずいぶん古くからの知り合いで、美術界のニュースを紹介し合っていたと言う小野に対し、節子は斎藤博士が小野の経歴を知らなかったようだと答える。また、那口のように小野が自殺を考えているのではないかと二人の娘夫婦たちは心配するのだが、益次はそのようなことは考えてもみない。彼にはおのれの過去の信念を肯定し、自己正当化することしか頭にないのである。そのために、彼の思いこみと客観的事実とのあいだにずれが生じ、「信頼できない語り手」になってしまうのだ。

日本と自分たちが過去に犯した過ちに複雑な思いを抱きながらも、また戦後の日本のアメリカ追随の性急さに違和感を感じながらも、小野は若い世代の前途が明るいものであることを心から願っている。しかし、過去を完全に否定される難局に遭遇して精神的な拠り所を失った時、小野は自分がこれまでとってきた言動を、自己正当化へのグロテスクなまでの欲望に転化させようとする。堅固な信念をもった人間が、それを否定される危機に直面した時に陥る自己肯定と自己正当化。ほかの登場人物たちとのあいだに生じるずれは、彼の自己正当化と尊大とも思える自尊心が生じさせたものではないのか。

ところで、小野の過去と現在をつなぐのは、歓楽街の入り口に架かる「ためらい橋（the Bridge of Hesitation）」（架空の都市が舞台ではあるが、長崎の思案橋がモデルと思われる）だったはずである。かつて、花街で遊ぼうか、それとも行かずに戻ろうかと男たちが思案に暮れた橋を過ぎれば、戦前の小野が「浮世の風俗」の題材を求めたり、頻繁に通ったマダム川上のバーがあった歓楽街だ。だが、その地区はほとんど昔日の面影をとどめてはおらず、かつて行き交う人々やいろいろな店の旗でいやが上にも狭く見えた細長い道は、今では広いコンクリート道路に姿を変え、マダム川上の店があったところは、五階建ての総ガラス張りのオフィスビルとなり、会社員や配達人が忙しそうに出入りしている。この光景を目にしながら、小野は戦前の日々やその頃の歓楽街にノスタルジアをおぼえつつも、ここ数年間にこの市が復興し、急速に活気を取り戻している姿に純粋な喜びを感じ、わが国が過去にどんな過ちを犯したとしても、今やあらゆる面でよりよい道を進む新たな機会を与えられたのだと思うのである。こうした小野の態度に、おのれの過去への省察も批判もまったく感じ取ることはできない。かつての歓楽街が消えた今となっては、彼が過去に犯した過ちも消えてしまったというのだろうか。そうであるならば、不遜なまでの自己正当化とはいえないか。過去の価値観が否定されてしまったにもかかわらず、現在に生きるため、あくまでもおのれの過去の信念の正当性にしがみつこうとする心性の飽くなき欲望とおぞましさに読者は慄然とせざるをえないのである。

4　執事が語る「戦争責任」

『日の名残り』は、前の二作とは異なり、カントリー・ハウスの執事スティーヴンズが語る物語が四〇年近くの長い期間にわたって続くものである。三五年間仕えてきたダーリントン卿が三年前に亡くなってからも、アメリカ人の新しい主人に屋敷とともに売られたかたちでダーリントン・ホールの執事を務めている彼が、イングランド西部へ旅する途中、ダーリントン卿やかつて淡い思いを寄せ合っていた当時の女中頭を想い起こしたり、理想の執事像について語ってゆくなかから戦争責任の問題が浮かび上がってくる。

第一次世界大戦敗戦後、ドイツはヴェルサイユ体制のもとで、領土割譲、軍備制限のほか莫大な賠償金を課されて経済は極度に混乱していた。一九二〇年の暮れにベルリンを訪れてドイツの惨状を知ったダーリントン卿は、この世に正義を保つためにあの戦争を戦ったのであり、ドイツ民族への復讐に手を貸しているつもりはなかったとして、二年後から影響力をもつ人物たちをダーリントン・ホールに招いて非公式の国際会議を何度か開き、ヴェルサイユ条約のいくつかの苛酷な条項を改定する方策を探ろうとしてきた。やがて、親ナチ団体の者やドイツ大使も顔を出すようになり、こうした客人たちの手前もあって、ユダヤ人の召使いを解雇せざるをえなくなったり、何度かドイツに招かれた結果、反ユダヤ主義者でファシストと密接なつながりがあったとして、彼は第二次大戦中から戦後までずっと誹謗中傷を浴びてきたのであった。

ある非公式の会議でアメリカ人が語ったように、たしかに、ダーリントン卿は古典的なイギリス紳士であり、上品で、正直で、善意に満ちているが、しょせんはアマチュアにすぎない。高貴なる本能から行動できる時代は過去のものとなってしまい、善意から発していても発言はナイーヴな戯言にすぎず、現在のヨーロッパが必要としているのは専門家《プロ》なのだ。彼は、アメリカ人が「アマチュアリズム」と軽蔑的に呼ぶものは「名誉」にほかならないと反論するが、これはあまりに高潔な理想主義にほかならない。高貴なる目的のためと信じた行動が、理想主義的であるがゆえに現実の政治にいいように利用されて、ナチ協力者の汚名をきせられ、廃人同様になって悲劇的最期を迎えざるをえなかったダーリントン卿も、結果的には敵方に協力してしまった戦争責任者といえるだろう。アマチュアリズム、古典的なイギリス紳士、そして執事という、古きよきイギリスを象徴するものが姿を消してゆく時代の変遷とともに、ダーリントン卿の理想主義も潰えてゆくのである。

敗れた戦争に加担した緒方と小野、戦争には勝ったが敵国に加担することになったダーリントン卿。戦争責任という共通点をもつものの、読者の目にうつる彼らの姿は一様ではなかろう。緒方と小野のような者は、戦中と価値観が一八〇度転換した戦後の社会のなかでも、過去の自分たちの業績を自負しながら、ときには戦中の想い出話を懐かしげに語りながら、なんの自己批判も自己省察もなく、勝手な自己肯定に支えられた人生を生き続けていったことだろう。一方、高邁な理想を掲げたにもかかわらずナチ協力者という汚名をきせられ、それを晴らさんがために裁判に訴えたあげく、敗訴して悲劇的な最期を迎えたダーリントン卿の場合、その顛末を語る執事の主人への忠誠心とあいまって、哀感が漂うのである。この違いはどこからくるのか。

5 語り手の「戦争責任」と語り手が語る「戦争責任」

三つの作品とも、ひとつの時代が終わり、新しい価値観にもとづく時代への転換期にさしかかったときの身の処し方の問題として戦争責任が提起されている。『浮世の画家』の場合、語り手の小野自身が戦争責任を背負っているにもかかわらず、みずからの過去に対して強烈なまでの自負と自己肯定をつらぬいているがゆえに、彼がおぞましい人物であるかのように感じられるのも致し方なかろう。また、『遠い山なみの光』では、語り手の悦子をとおして語られる緒方誠二の戦争責任も小野のものと変わりはないのだが、彼が物語の脇役であること、また二〇年余り前のことを回想していることなどから、彼は遠くにかすむ過去の一こまのようにしか感じられない。さらに、『浮世の画家』の舞台が一九四八年から五〇年という戦後間もない時代に設定されているのに対して、『日の名残り』は、第二次世界大戦前から一九五六年までの三五年間にわたって、忠誠心を抱いて務めてきた執事（彼もまた「信頼できない語り手」ではあるが）が回想するという設定のために、ダーリントン卿の言動は客観化されて哀感が漂ってくるのだろう。

だが、日本を舞台にした二作品との違いは、『日の名残り』は、スティーヴンズが頻繁に口にする「偉大さ」という言葉に象徴される神話のなかのイングランドとそれが崩壊してゆく過程を描いた作品として読むことができるがゆえに、ダーリントン卿の理想主義的な言動とその結末も神話化されているように思われるのである。イシグロが幼少期を過ごした長崎が、たとえ彼にとって想い出のなかの神話化された世界であったとしても、『遠い山なみの光』でも言及されているように長崎が被爆地であり、戦時中の日本が古きよき時代であったとは言いがたい以上、緒方や小野の戦中の生き方は決して神話化されるべきものではなかろう。この二人は、教師や戦争画家として人を教え鼓舞する立場にあって、教え子や国民を戦場に送ったり、いわゆる非国民を告発したりしてきた者であるが、ダーリントン卿の場合は、首相クラスの者や各国の大使級の者を集めてヴェルサイユ条約のいくつかの条項改定に向けて理想を話し合っただけである。その内容がナチスドイツに漏れ、利用されていたのであり、国民を戦場に駆り立てたわけではない。彼の理想主義が、ナチスと、ヴェルサイユ体制打破という点で結果的に通底してしまったのである。

それではなぜ、これら三つの作品で戦争責任が問題にならなければならなかったのだろうか。

推測の域を出ないが、イシグロの想い出に残っている長崎は、被爆地であったがゆえに、戦争と戦争責任を云々する大人たちの話が子ども心に深く刻まれていたのかもしれないし、あるいはイギリスに渡った後に戦争責任について初めて知って考えるようになったとも考えられる。また、彼が生まれる前の日本の話は大人たちから聞いたことや本からの情報によるものであろうが、彼の内なる日本においてもっとも大きな比重を占めるものが戦争と戦争責任であったと思われる。しかし彼には、ほかのポスト・コロニアルの作家たちと同じように、自分が日本人であると同時にイギリス国籍をもつイギリス人でもあるというアイデンティティの問題があったはずである。日本人でありながらイギリス人でもあるというダブル・スタンダードを超えようとした時に、記憶のなかの日本と神話化されたイギリスに決着をつけて封印し、新たな段階へと進まなければならなかったのではないか。『遠い山なみの光』で日本生まれの景子を自殺させるのは、悦子に内なる日本に決着をつけさせるためであり、それはイシグロの決意でもあったのではないか。また、『浮世の画家』は架空の都市に舞台が設定され、戦争の痕跡が消えてゆく一九五〇年で終わるのも、イシグロが内なる戦後の日本を封じ込めるためではなかったか。そのためには、戦争と戦争責任は避けて通ることのできない問題であった。さらに『日の名残り』では、古きよき時代の終わりを告げる第二次世界大戦の時代と戦争責任を取り上げて、イギリスを神話化することによって封じ込め、この国の過去の栄光と訣別したのである。

内なる日本とイギリスを封印した後のイシグロは、「インターナショナルな小説を書く(7)」と述べていたように、『充たされざる者』では中欧の架空の都市を舞台に世界各地を転々とするピアニストという「外部」を導入し、インターナショナルな作家へと変貌をとげてゆく。その後『わたしたちが孤児だったころ』(二〇〇〇)では、二〇世紀初頭の上海で一〇歳の時に謎の失踪をとげた両親を、二〇年以上経った今でも探し求める私立探偵の失われた過去と記憶への旅を描き、『わたしを離さないで』ではクローン技術と臓器移植という普遍的な問題を扱い、過去の日本とイギリスから越境し、まさに「インターナショナルな小説を書く」作家としての地歩を築いたのである。

[註]

* 作品中の登場人物の日本名表記は、小野寺健訳「戦争のすんだ夏」(『エスクァイア日本版』エスクァイア・マガジン・ジャパン、一九九〇年一二月号)、同訳『遠い山なみの光』(早川書房)、飛田茂雄訳『浮世の画家』(中央公論社)の邦訳に準じた。

(1) Ishiguro, Kazuo. *A Pale View of Hills* (Faber and Faber, 2005) p. 147.

(2) Ibid. p. 147.

（3） Ibid. p. 148.

（4） Ibid. p. 148.

（5） Ishiguro, Kazuo. *An Artist of the Floating World* (Faber and Faber, 2001) p. 201.

（6） Ibid. p. 204.

（7） Bradbury, Malcolm. *The Modern British Novel* (Penguin Books, 1993) p. 425.

映像にイシグロはなにを見るか

岩田託子

カズオ・イシグロの映像作品について考えることは、イシグロの作家としての器量を理解する格好の手がかりを与えてくれる。創作においてなにを求めているのか。産み出した作品は作家にとってなにを意味するのか。作家のスタンスが絶妙なのだ。

対象となる映像作品については、二系列にわける必要があるだろう。脚本を書いた二本のTVドラマとガイ・マッディン監督『この世で最も悲しい音楽』は通好みの芸術映画系で、日本では公開されなかった。もう一方は、ブッカー賞受賞小説『日の名残り』の映画化、ならびに脚本を書いた『上海の伯爵夫人』。これら二本はマーチャント&アイヴォリー・プロの力で広く公開され、イシグロの知名度を上げることになった。

この二系列は風合いのはっきりと異なる映像作品である。受け入れられ方については、前者はきわものすぎて敬遠され、後者の人気は適度の通俗性に支えられた。

とはいえ、イシグロ自身は双方の系列ともに、またいずれの作品にも非常に肯定的である。少々奇異なくらいである。

原作者は映画化作品に不満を抱くものだ、というのがむしろ定式ではあるまいか。旧くは『ティファニーで朝食を』、『誰がために鐘は鳴る』。近くでは『ネバーエンディング・ストーリー』『ゲド戦記』。試写会で作者がいかに憤激・立腹したかがスキャンダラスに伝えられてきた。それだけに、イシグロの自作映画に対する鷹揚さは、かえって異彩を放つ。

イシグロは自分が関わる映画になにを見るのか、なにを見たくて映画に関わるのか。

Ⅰ　ＴＶドラマと芸術映画

イシグロ作品を最初に映像化したのは民放ＴＶドラマである。そのうちの一つの脚本は読むことができる。

英国で一九七九年（サッチャー政権誕生の年）以来、「新しい文学」を標榜してきた『グランタ』誌が、話題を呼んだ一九八三年の「若手英国小説家ベスト二〇」の十年後、一九九三年の再企画に、カズオ・イシグロ「美食家」を掲載している。[1] イシグロは前回に続き二度目の登場で、この時三十九歳。十年にわたって若手であったということか。ブッカー賞を受賞した『日の名残り』（一九八九年）が映画化もされ、知名度が格段にあがった頃のことである。ところで「美食家」は、実は、一九八六年に放映されたTVドラマ用脚本なのだ。

「若手英国小説家ベスト二〇」と銘打てば、今をときめくイシグロをはずすわけにはいかずラインナップしたが、小説ではなく脚本を掲載した。イシグロに手持ちの短編がなかっただけかもしれない、とはうがちすぎた見方かもしれないが、編集子による「解説」も韜晦にみえる。

> なぜ脚本を掲載するのか。大きな理由は、この作家の語りの技量がすぐれているからだ。印刷して読むに耐える。長めの短編、あるいはノヴェッラを読んでいるかのようだ。カズオ・イシグロのこれまでの三つの小説（『遠い山なみの光』『浮世の画家』『日の名残り』）は、いずれもイメージやシーンの使い方が印象的なものだった。したがって、チャンネル4テレビの依頼で台本を書いたことが二度あることも不思議ではない。
>
> （『グランタ』新版四三号、九一頁。傍点筆者）

「美食家」の映像ソフトは、現時点〔二〇〇八年〕では入手できず、推奨される「印刷して読むに耐える」「イメージやシーンの使い方」に思いを馳せるだけである。

「美食家」では、世の美味を探求し人肉までも味わった主人公マンリーが、残る目標を「亡霊」を賞味することに定め、教会で一夜悪戦苦闘する。その結果は……激しい嘔吐と失望感。もはや著名料理人の饗宴になど関心を示さない「美食家」の求道者ぶりと、そのグロテスクな最終目標(=亡霊試食)が判明する状況がサスペンスめいている。

二十年以上も前に観た記憶を頼りに書いたレビューをネット上で読んだが、観る人の記憶に残るカルト・フィルムの一種なのだろう。たとえば、主人公がまさに亡霊をつかまえるところは次のとおりである。全体の雰囲気は伝わると思うので紹介しておく。

マンリーは網を広げた。狙いを定めてそれを投げかけた。カメラに網がかかり、暗転。

〔……〕

マンリーは小さなスツールに腰掛けてコンロに身をかがめ、中華鍋でなにか調理していた。このコンロの火が唯一の光源であるようだった。(『グランタ』新版四三号、一二三頁)

ところで、「チャンネル4テレビの依頼で台本を書いたことが二度ある」というが、そのもう一本とは、「美食家」に先立つ一九八四年の「アーサー・J・メーソンのプロフィール」だろう。

残念なことに、この作品にいたっては脚本すらも読める状況にない。だが研究者による梗概を記しておこう。(2) タイトル・ロールのアーサー・J・メーソンは執事で、四十年にわたってあたためてきた小説が陽の目を浴び、文壇で時の人となる。この小説家の背景を探ろうとするテレビ局のレポーターが、お屋敷での奉公と文学的探究の間の葛藤を探るべく取材に現れる。ところが、社会構造も大きく変化する第二次大戦後に奉公生活を淡々と続けてきたメーソンの生活が明らかになり、取材側の思惑ははずれる。「アーサー・J・メーソンのプロフィール」は、ある意味では後の『日の名残り』の萌芽的作品である。執事がテーマとしてイシグロにあり、それをまずはドラマ台本にした、というところのようだ。

ところで、『グランタ』誌ではふれられていないことだが、実はもう一作、イシグロは同様のTVドラマ用脚本「この世で最も悲しい音楽」を書いていた。「美食家」のあと、である。『グランタ』誌でふれられていないのも当然、「この世で最も悲しい音楽」はドラマ化されないまま、企画書としてあちこちにまわった、ということだ。テレビ向きではなかった、ということだろう。「美食家」にしても、よくぞ制作・放映できたと思われる作品である。それだけに、実現されなかった没脚本「この世で最も悲しい音楽」にいたっては、いかばかりかと興味をそそられる。

この作品は、時を経て場所も移り、カナダ人監督ガイ・マッディンの手で映画『この世で最も悲しい音楽』として二〇〇三年に発表された。監督は芸術映画畑では知る人ぞ知る存在で、一九八八年トロント映画祭では受け入れられなかった「ギムリ病院のお話」が、マンハッタンの芸術系劇場では一年にわたって上映された[3]。そのマッディンがイシグロの脚本を得て、また、それなりの予算を獲得し、イザベラ・ロッセリーニを起用して製作したのが、『この世で最も悲しい音楽』である。

一九三三年、カナダの東西交易の中心地ウィニペグでビール会社を営む女社長が「この世で最も悲しい音楽」を決めるコンテストを催すことになった。彼女はかつて恋人とドライブ中事故に遭うが、恋人の父である医者に間違った脚を切断されて結果は両脚ともに義足になる。その後、恋人も去り、年下のジゴロをかしずかせ生きてきた。コンテストに賞金を求めてメキシコ、スコットランド、アフリカなど様々な地域から音楽家が集まってくる。元恋人も、アメリカを代表するブロードウェイのプロデューサーというふれこみで故郷に戻ってくる。その中でこれまでの因縁が明らかになっていく。たとえば、元恋人の現在の愛人は彼の弟の妻で、記憶喪失を患って出奔中であった、等など。コンテストを縦軸に、錯綜する人間関係がさらにもつれたりほぐれたり、破天荒に展開していく。

映像は、基本は白黒で、ポイントにテクニカラーが挿入される。全体がサイレントからトーキーへの移行期くらいの映画を観ている気分になる。マッディンはこの時期の映画を愛好しており、お気に入りの映画は、ドイツ表現派の映画やハリウッドのサイレント映画らしい。サイレントからトーキーへの移行を如実に観ることができるヒッチコック監督『ゆすり』に対して、マッディンは賛辞を惜しまない(4)。

そもそものイシグロ脚本はその痕跡を映画にほとんど残していない、とイシグロもマッディンもそろって述べている。イシグロはペレストロイカ直前の一九八〇年代なかごろのロンドンに舞台を置き、コンテストを宣伝に利用して東ヨーロッパを市場経済に巻き込もうとする醸造業者をスポンサーに構想していた。それをマッディンは、映像史のなかで自分の惹かれる頃に時代を移し、禁酒法が廃止される頃のアメリカ市場を意識するかたちで場所を自分のホームグラウンド＝カナダに移し、ある意味では非常に時代錯誤的なフィルムを創り出した。

イザベラ・ロッセリーニの義足がガラス製で、なかの自社製品ビールの泡が立って……という忘れられないシーンも、マッディンのアイディアであるとイシグロ自身が言明している。また、マッディンについてイシグロは、「自分が会った中で最も面白い人」と親愛の情を込めて話している(5)。イシグロの脚本が読めない状況では確かめようはないのだが、オリジナル脚本からまったくかけ離れたところで作られたにしろ、イシグロは『この世で最も悲しい音楽』を気に入っていると明言している。

この映画は、イシグロの長編小説四作目『充たされざる者』（一九九五年）を思い出させる。『日の名残り』の世界的な成功の後、六年もの歳月を費やして完成された大作で、ペーパーバック版で五五三頁。ピアニストの主人公はコンサート・ツアーで中欧らしき街を訪れている。ところが、次々と相談事や悩み事を打ち明けられて、自分の意思で何かをする状態になれない。およそ自分の願望をかなえることは何もできない。いずれのエピソードも、これはどうなることかと読者の好奇心を引っ張っていく巧みさがあるので引き込まれはするが、延々とこの調子で続く。「作家の生涯を振り返ると、これを書いてこそ次に進めたのだろうと納得させる、粗削りでもエネルギーに満ちた大部の一冊が存在することに、往々にして気づく」が、『充たされざる者』こそがその例である、とかつて位置づけたことがある。[6] この評価は、その後出版された『わたしたちが孤児だったころ』、『わたしを離さないで』を続けて読むにつけても、変わらない。『充たされざる者』も『この世で最も悲しい音楽』も、内に満ちた粗削りなエネルギーが人を打つ。

もう一点、『充たされざる者』と『この世で最も悲しい音楽』から受ける印象が重なるのは、両者ともに全体が夢のようでもあるからだ。マッディン監督は、「イメージをフィルムにして話を語りたい……夢のようなものをつくりたい」と語っていた。[7]『シュルレアリスム宣言』のアンドレ・ブルトンの自動筆記論、サルバドール・ダリとルイス・ブニュエルの二人が、お互いが説明できない夢の世界を書き連ねることで『アンダルシアの犬』の脚本を共同で執筆したという経緯と、マッディンの抱負が重なる。全体が夢のようなシュルレアリスム映画をマッディンは創りたいのだ。

『充たされざる者』は夢のごとき世界を描出する。「その若者はずいぶん永い間押し黙ったままなので、わたしに怒っているのかと思った。しかしその時、光があたり横顔が見えて、この若者は数年前のあるできごとを反芻しているのだろうと思った[8]」という奇妙な一文に導かれて、その「できごと」が記述される。

まどろみの中で、自分の見る夢を半ば恣意的に操作している状態を思わせる。全体が醒めそうで醒めない長く続く夢のような小説である、といってもよい。

このように、目指したものがイシグロとマッディンでは近く、お互いに惹かれあうものがあり、仕事をともにしたということだろう。

Ⅱ　マーチャント&アイヴォリーと組んで――『日の名残り』、『上海の伯爵夫人』

マーチャント&アイヴォリー・プロによる『日の名残り』は、評価も高く各種映画賞にノミネートされ、多くの観客を得て原作者イシグロの知名度も格段にあがった。

第二次大戦前、貴族の屋敷を切り盛りする忠実な執事が親独派の主人のふるまいにも動ずることなく職務を全うする。二十年ほどの年月が経ち、主人が戦後失意のうちに亡くなり屋敷の持ち主が代わった時にも、執事は新しい主人に召しかかえられる。かつての女中頭を再び同僚に招こうと訪れる風光明媚なウェスト・カントリーへのドライブ旅行中に、良き時代のあれこれが追憶される。

映画が原作に忠実に見えるところが落とし穴である。逆に言えば、筋運び以外に映画がいかに多くのものを映し出したかが、よくわかる作品になった。

たとえば、英国のカントリーハウスを舞台にくりひろげられた、「大人の恋愛」映画などと言われては（とはいっても、この場合は階下の召使のあいだでのだが）、小説とはかけはなれた別物だと言ってよい。そのような観点から小説のほうの『日の名残り』を読み解くならば、恋愛であったかのようにふるまう初老の男女、特に男性を描いた滑稽小説である、とまとめるほうが適切である。

映画と小説のギャップについては、少し注意すれば明らかであるし、多々指摘されてきた。たとえば、勤務を離れたスティーヴンスがひとりで読書をして過ごす執事室にミス・ケントンが入ってきて、スティーヴンスの読む本を詮索する。（「三日目　夕方」[9]）小説では、そのときミス・ケントンが殺風景な部屋を明るくしようと花をもってきたかどうかも「定かではないが」と留保し、スティーヴンスの記憶の不確かさを強調している。傍若無人でやや強引なところもあるミス・ケントンに翻弄された思い出をスティーヴンスが苦笑まじりに語るのだ。ところが執事室は、「マーチャント&アイヴォリー・プロの映画では、身近にいるミス・ケントンへの感情を認めることができない場所としてたいへん印象的に描かれている」[10]。薄暗い部屋でスティーヴンスが隠す本をミス・ケントンが取り上げようとすれば身体的接触すれすれで、二人は見つめあう。映画は二人の距離の無さを濃密に描くのだ[11]。

もう一つ例をあげると[12]、ベン氏からの求婚を受け入れたことをスティーヴンスに報告した後のミス・ケントンについて。映画では、自室に下がったミス・ケントンは涙を流しており、そこにスティーヴンスが入ってきて涙にくれたミス・ケントンを見ても、そのことにはなんらふれず事務連絡を済ませて立ち去る[13]。あまりのそっけなさにミス・ケントンが傷ついて泣きくれている、と観客は観る。これでは明らかに小説の誤読である。小説は次のごとくでしかないのだから。

今となっては確信できるのですが、その瞬間があまりにも記憶にこびりついて離れないのですが、……扉の向こう側ほんの数ヤードのところでミス・ケントンが今にも泣き出しそうなのだという気がして、それを時が経るにつれてますます確信してきたのです。思い起こしても、この確信を裏付けるものはなにもありません。たしかにすすり泣く声を聞いたわけでもありません。それにもかかわらず、万一扉をノックして入っておれば、泣きぬれたミス・ケントンを見ることになるだろうと思ったことを覚えています。

（「四日目　午後」[14]）

小説ではミス・ケントンが泣いているというのは、あくまでもスティーヴンスの想像／妄（？）想であった。ことのほか微妙に仮定法未来時制で書かれた文を、映画では実際に起こったこととして見せている。これでは小説を台無しにしている。映画は小説とはまったくの別物である。

ところが、原作者イシグロが映画に激怒したというたぐいの話はいっこうに聞こえてこない。映画『日の名残り』に怒らないイシグロから、イシグロが映画に見ようとするものがむしろ明らかになるのではないか。

もちろんイシグロ本人も、原作と映画を異なるものと認識している。「小説とたまたま同じタイトルをもつ映画」「小説にとっては、愛着を感じる従兄弟」と述べている。そして、自身のエージェントの言葉をたいへん聡明な理解として紹介している。「映画ではスティーヴンスとミス・ケントンの関係は感情を抑圧しているものだ。二人はお互い愛し合っているが、ただあまりにも感情を抑えている。小説ではそうではない。己をむなしくすることを小説は主題として扱っている。(15)」己をむなしくする職業病を患うのが執事なのだ。

イシグロのスタンスは冷静で透徹している。原作者というよりは、まるで他の作家、作品を論評する評論家である。映画『日の名残り』については開口一番、「この映画を気に入っている」と賛辞を惜しまない。「俳優の演技が素晴しい」「ゴージャス」「美しい映画」と続く。確かに、このような点にこの映画の魅力はある。

　これが決して空疎な社交辞令でないのは、映画化における原作者の位置づけをわきまえているからだ。映画化権を売るまでこそ買い手に対して意見も言えるが、いったん買い取られてしまうと、もはや原作者が口をはさむ余地はみじんもない。どのようにでも製作される可能性があるなかで、マーチャント&アイヴォリー・プロはいい仕事をしてくれた、と安堵しているふうである。それは、もっとひどい作品ができた恐れがあったのだから、ということかもしれない。たしかに、もっとひどい映画になっていた可能性はいくらでもあるではないか。

　さらに付け加えれば、『日の名残り』という小説自体に映画化に向く要素があることをイシグロが自覚している点がたいへん興味深い。最初の長編二作は出自である日本を含んでいたが、第三作『日の名残り』は日本を離れても書ける作家の広がりを感じさせる作品として受け入れられた。しかし、イシグロにはこのような評価が心外であるようだ。『日の名残り』の「英国」は、「国際社会が了解するような英国性を感じさせる。英国に住んでいる英国人の理解する英国性ではおそらくないだろう。世界中の外国人が消費するために作り上げられた英国性」であり、これが「映画、なかでもハリウッド映画に翻訳されたのは偶然の一致ではないと思う。国を越えて消費されるようにすべて用意されていたので、変える必要はそうはなかったのだ」とクールに分析している。イシグロも、そのような「英国性」、「国を越えて消費されるようにすべて用意されていた英国性」を意識して利用し、戦略的に小説『日の名残り』を構築したことを充分自覚しているからに他ならない。

そして、これはこの小説にとって本質的な議論でもある。舞台がカントリーハウスであるから、主人公が執事であるから、英国を描いた小説である、という見方に釘をさし、小説『日の名残り』に「英国性」を論じるむきを牽制している。このようにイシグロが読者を誘導するのも、自作が誤読される可能性を充分見越してのことである。とすれば、映画化もあえていえば小説に対する一〈誤〉読の実例であり、ただそれに対して怒るわけではないという基本的態度のようだ。

さて、現時点でもっとも新しい映画『上海の伯爵夫人』(二〇〇五年)も再びマーチャント&アイヴォリー・プロ作品である。一九三〇年代の国際都市上海に流れ着いた異邦人たちがきな臭い世界状勢に否応なしにまきこまれて行く。伯爵夫人はロシア革命後の混乱を逃れてきたが、寡婦となっても亡夫の係累まで養う必要上、盛り場で働いている。そのような状況に、事故・事件で家族を失い自身も失明した元アメリカ外交官と、暗躍する日本人がからむ。ナターシャ・リチャードソン、レイフ・ファインズ、真田広之と有名俳優を配し、鳴り物入りで製作された。だが、映画としての出来栄えはいかがなものだろう。

製作事情としては、『上海の伯爵夫人』の構想はマーチャント&アイヴォリーの側にあり、『日の名残り』のあとイシグロに脚本のオファーがあったという経緯らしい。レイフ・ファインズを盲目にする卓抜な設定も、イシグロによるものではなく、マーチャント&アイヴォリー・プロの提案によるらしい[16]。

一九三〇年代とは、イシグロの好きな時代である。また、背景としての上海に込めたものはとりわけ、小説『わたしたちが孤児だったころ』の舞台としての上海に相通じる。すなわちイシグロはトポスとしての上海になにを見たいのか、を探る手がかりに『上海の伯爵夫人』はなるだろう。

III　これからのイシグロ映画

「小説では人物の外見や部屋でさえ描写はあえてしない。一つか二つ細部をとりあげると、読者は頭のなかでそのような細部にあわせてくるのが今の時代の特徴だ。十九世紀とは違うだろう。今では普通の読者は頭にあまりにも多くのイメージを持っている状態で本を読み始める。……現代はイメージに満ちている。もはやわざわざ言葉で喚起する必要はないくらいにだ。読者の頭のなかに受け入れられているこのようなイメージをいじるだけでいい。自分はいつもそのようにすることを好んできた[17]」とイシグロは述べている。イシグロの小説を読むことで喚起されたイメージを提示する欲望にかられた映画人が、これからもイシグロ作品の映画化に挑むのだろう。

ただ、将来映画の仕事をする可能性を尋ねられた際にイシグロは、「本当に偉大な作品になる企画ならやりたい」と述べていた。[18] イシグロがそのような企画にめぐりあえるように。そしてその作品にわたしたちがめぐりあえるように、と心待ちにする。*

［註］

（1）*Granta*（no. 43, spring 1993）, pp. 89-127.
（2）Barry Lewis, *Kazuo Ishiguro: Contemporary World Writers*（Manchester: Manchester University Press, 2000）, pp.76-7.
（3）Brian Bergman, "Maddin Madness", *Maclean's*（vol.115, issue 51, 2002）.
（4）*Cineaste*（vol.29, no.3, summer 2004）, p.6.
（5）Shaffer, Brian W. and Cynthia F. Wong ed., *Conversations with Kazuo Ishiguro*（Jackson: University Press of Mississippi, 2008）, p. 212.
（6）拙稿「カズオ・イシグロ『充たされざる者』書評」、共同通信社配信、一九九七年七月。
（7）*Cineaste*, p. 9.
（8）Kazuo Ishiguro, *The Unconsoled*（London: Faber & Faber, 1995）, p. 65.
（9）Kazuo Ishiguro, *The Remains of the Day*（1989; London: Faber and Faber, 1990）, pp. 164-9.
（10）Lisa Fluet, "Introduction: Antisocial Goods", *Novel: A Forum on Fiction*（vol.40, no. 3, summer 2007）.
（11）『日の名残り』ＤＶＤ、一九九三年、ソニー・ピクチャーズエンタテインメント、二〇〇二年、二〇章。

(12) 林望の示唆による。『日の名残り』劇場公開パンフレット、一九頁。
(13) 『日の名残り』DVD、二六章。
(14) Kazuo Ishiguro, *The Remains of the Day*, pp. 226-7.
(15) Shaffer, Brian W. and Cynthia F. Wong ed., pp. 147-9.
(16) Shaffer, Brian W. and Cynthia F. Wong ed., p. 212.
(17) Shaffer, Brian W. and Cynthia F. Wong ed., p. 149.
(18) Shaffer, Brian W. and Cynthia F. Wong ed., p. 213.

* イシグロの、その後、十年の歩みについては、「『日の名残り』のあとのイシグロと映像」(『カズオ・イシグロ読本——その深淵を暴く』(宝島社、二〇一七年)において考察している。

カズオ・イシグロ書誌

武井博美 編

カズオ・イシグロは、ほぼ五年に一冊のペースで作品を発表し、長編はいずれも大きな文学賞を獲得、もしくは候補に名を連ねてきた。その最たるものは、二〇一七年に受賞したノーベル文学賞であろう。研究書や論文も次々と発表・刊行されており、二〇〇七年六月には英国リバプールで、"Kazuo Ishiguro and the International Novel" と題した国際会議が開催されるなど、今日に至るまで高い評価を得てきた。

以下の書誌は、イシグロが現在活躍中の作家であることを考慮して、作品、インタビュー記事、研究書、論文を、いずれも発表年順に並べている。研究論文については、題目にイシグロの名を付しているものを中心に掲載した。それ以外の論文は、グーグル社の Google Advanced Scholar Search、国立国会図書館の NDL-OPAC、国立情報学研究所の GeNii（ジーニイ）などを用いて検索可能である。また、これまで発表された長編七作の海外における書評については、Cynthia F. Wong, *Kazuo Ishiguro* (Northcote House, 2000; rpt. 2005) の巻末のリスト等を参照されたい。なお、原則として、（筆者・執筆者）／タイトル／（インタビュアー・対談者）／掲載誌紙・発行元／

発行年（月日）／（巻号）／掲載ページ数／（参考URL）の順に並べた。　（二〇一七年十一月）

I　カズオ・イシグロ作品

A　長編

1. *A Pale View of Hills*. London: Faber & Faber, 1982.　邦訳：『女たちの遠い夏』小野寺健訳（筑摩書房、一九八四年）。『遠い山なみの光』小野寺健訳（ハヤカワepi文庫、二〇〇一年）。〔日本を去りイギリスに住むエツコは、上の娘の自殺後の喪失感の中で、戦後の長崎で出会った母娘との出会いと別れを回想する。王立文学協会賞受賞。〕

2. *An Artist of the Floating World*. London: Faber & Faber, 1986.　邦訳：『浮世の画家』飛田茂雄訳（中央公論社、一九八八年／中公文庫、一九九二年／ハヤカワepi文庫、二〇〇六年）。〔太平洋戦争中、軍国主義の気運の中で時代の寵児としてもてはやされた画家小野は、終戦とともに周囲の冷たい視線に晒されることになる。戦後まもない日本で、価値観の急激な変化に戸惑う芸術家の姿を描く。ウィットブレッド賞受賞。ブッカー賞最終候補作。〕

3. *The Remains of the Day*. N.Y.: Alfred A. Knopf, 1989.　邦訳：『日の名残り』土屋政雄訳（中央公論社、一九九〇年／中公文庫、一九九四年／ハヤカワepi文庫、二〇〇一年）。〔イギリスの大邸宅の執事スティーヴンスは、新しい主人から休暇を得て、かつて邸を去った有能な女中頭を訪ねるドライブ旅行に出る。道すがら、前の主人への長年にわたる忠実な奉公や戦間期に邸内で開かれた国際会議などを回想し、自らの人生の意味を問い直す。ブッカー賞受賞。ジェイムズ・アイヴォリー監督により映画化（一九九三年）。〕

4. *The Unconsoled*. London: Faber & Faber, 1995.　邦訳：『充たされざる者』古賀林幸訳（中央公論社、一九九七

年／ハヤカワepi文庫、二〇〇七年)。〔とあるヨーロッパの街を訪れた世界的ピアニスト、ライダーは、なぜか危機に瀕した街を蘇生させる重責を担わされている。市民たちの悲願は、演奏会「木曜の夕べ」の成功である。『日の名残り』から一転した反リアリズムの手法により批評家の評価を二分した実験的作品。チェルトナム賞受賞。〕

5. *When We Were Orphans*. London: Faber & Faber, 2000. 邦訳：『わたしたちが孤児だったころ』入江真佐子訳(早川書房、二〇〇一年／ハヤカワepi文庫、二〇〇六年)。〔上海の租界に生まれ育った少年クリストファー・バンクスは、両親の相次ぐ失踪によりイギリスで教育を受ける。成長してやがて有名な探偵となったバンクスは、上海に戻り、両親失踪の真相を明らかにしようと調査を始めるが……。ブッカー賞最終候補作。〕

6. *Never Let Me Go*. London: Faber & Faber, 2005. 邦訳：『わたしを離さないで』土屋政雄訳（早川書房、二〇〇六年／ハヤカワepi文庫、二〇〇八年)。〔介護士として働く三十一歳のキャシー・Hは、外界から閉ざされたヘイルシャムという施設で成長した。ともに育った仲間たちが「介護士」から「提供者」となり、臓器提供を始める中、キャシーはかつては理解できなかったヘイルシャムの秘密を理解し、自分の定めを受け入れていく。クローン人間を素材とし近未来小説の趣をもつが、設定は一九九〇年代末のイギリス。ブッカー賞最終候補作。マーク・ロマネク監督により映画化（二〇一六年)。日本では、二〇一四年に蜷川幸雄演出で舞台化、さらに二〇一六年にはTBSテレビにて連続ドラマ化されている。〕

7. *The Buried Giant*. London: Faber & Faber, 2015. 邦訳：『忘れられた巨人』土屋政雄訳（早川書房、二〇一五年／ハヤカワepi文庫、二〇一七年)。〔アーサー王亡きあとのブリテン島が舞台。長年暮らした村をあとにし、遠い地で暮らす息子に会いに行こうとする老夫婦の物語。若き戦士、鬼に襲われた少年、老騎士、徳の高い修道僧など、ふたりは旅の途中でさまざまな人びとと出会う。時に危険な目に遭いながらも、互いをいたわり合いながら、荒野や森や大地を抜けていく。〕

B 短編・短編集

1. "A Strange and Sometimes Sadness." *Introduction 7*. London: Faber & Faber, 1981, pp. 13-27.〔長編第一作 *A Pale View of Hills* の原型となった短編。〕
2. "Waiting for J." *Introduction 7*. pp. 28-37.
3. "Getting Poisoned." *Introduction 7*. pp. 38-51.〔1-3は、フェイバー社の新人作家アンソロジー *Introduction 7* に同時収録。〕
4. "A Family Supper." *Firebird 2*. 1982, pp. 121-131; *The Penguin Collection of Modern Short Stories*. Harmondsworth: Penguin, 1987, pp. 434-42; *Esquire*. March 1990, pp. 207-211. 邦訳:「夕餉」出淵博訳『集英社ギャラリー 世界の文学5』(集英社、一九九〇年)。「ある家族の夕餉」田尻芳樹訳『しみじみ読むイギリス・アイルランド文学』(松柏社、二〇〇七年)。「ある家族の晩餐」川口淑子訳『名城大学人文紀要48(2)』(名城大学人文研究会、二〇一二年一二月)、pp. 31-39.
5. "The Summer after the War." *Granta 7*. 1983, pp. 121-137;『カズオ・イシグロ秀作短編二編——The Summer after the War and A Family Supper』音羽書房鶴見書店、一九九一年。邦訳:「戦争のすんだ夏」小野寺健訳『ESQUIRエスクァイア 日本版』一九九〇年一二月。
6. "T." *Hockney's Alphabet*. London: Faber & Faber, 1991.
7. "A Village after Dark." *New Yorker*. 21 May 2001. 邦訳:「日の暮れた村」柴田元幸訳『紙の空から』(晶文社、二〇〇六年)。
8. *Nocturnes: Five Stories of Music and Nightfall*. London: Faber & Faber, 2010. 邦訳:『夜想曲集——音楽と夕暮れをめぐる五つの物語』土屋政雄訳(早川書房、二〇〇九年/ハヤカワepi文庫、二〇一一年)。〔初めての連作短編集で、“Crooner”、“Come Rain or Come Shine”、“Malvern Hills”、“Nocturne”、“Cellists”（邦題：「老歌手」、「降っても晴れても」、「モールバンヒルズ」、「夜想曲」、「チェリスト」）の五篇を収録。いずれも音楽をテーマにしている。〕

C テレビドラマ・映画脚本

1. *A Profile of Arthur J. Mason*.（Channel 4、一九八四年一〇月一八日放送）
2. *The Gourmet*. *Granta 43*. 1993, pp. 89-127.（BBC、一九八六年五月八日放送）
3. *The Saddest Music in the World*.（カナダ映画／日本未公開、二〇〇三年、監督　ガイ・マディン）
4. *The White Countess*.（英中合作映画『上海の伯爵夫人』、二〇〇五年、監督　ジェイムズ・アイヴォリー）

D その他

1. “Introduction” to *Snow Country and Thousand Cranes*. Yasunari Kawabata. Harmondsworth: Penguin, 1986, pp. 1-3.〔川端康成の作品集への序文。〕
2. 「書店は文化が出会い交差する場所」『キノベス　2006』（紀伊国屋書店、二〇〇六年一一月）。〔カズオ・イシグロ特別寄稿〕
3. 「Remembering Yukio Ninagawa（追悼：蜷川幸雄）」『悲劇喜劇 69（5）』（早川書房、二〇一六年九月）、pp. 6-9.

II インタビュー・対談

1. “An Interview with Kazuo Ishiguro.” Gregory Mason. *Contemporary Literature*. Madison: Fall 1989. Vol. 30, Iss. 3: 334.

2. "A Case of Cultural Misperception." Susan Chira. *New York Times*, *Late Edition: East Coast*. October 28, 1989: 1. 13. 〈http://query.nytimes.com/gst/fullpage.html?res=950DE1DC1239F93BA15753C1A96F948260〉

3. "Between Two Worlds." *New York Times, Late Edition: East Coast*. April 29, 1990: A. 38. 〈http://query.nytimes.com/gst/fullpage.html?res=9C0CE6DB163EF93AA15757C0A966958260〉

4. "The Novelist in Today's World: A Conversation." Kenzaburo Oe. *Boundary 2*. Fall 1991. pp. 109-122. Reprinted as "Wave Patterns: A Dialogue" in *Grand Street 38*. Vol. 10. No. 2. 1991: 75-91. 邦訳：『Switch Vol. 8, No. 6.』（扶桑社、一九九一年一月）。

5. "Kazuo Ishiguro: 'A Book about Our World'." Sybil Steinberg. *Publishers Weekly*. September 18, 1995. Vol. 242, Iss. 38: 105.

6. "A New Kind of Travel Writer." Pico Iyer. *Harper's Magazine*. February 1996. Vol. 292, Iss. 1749: 30.

7. "Rooted in a Small Space: An Interview with Kazuo Ishiguro." Dylan Otto Krider. *The Kenyon Review*. Spring 1998. Vol. 20, Iss. 2: 146.

8. "The Sitter's Tale: Kazuo Ishiguro." Jenny Gilbert. *The Independent*. October 24, 1999. 〈http://findarticles.com/p/articles/mi_qn4158/is_19991024/ai_n14260820〉

9. "Artist of His Floating World; The Books Interview: Kazuo Ishiguro." Boyd Tonkin. *The Independent*. April 1, 2000. 〈http://findarticles.com/p/articles/mi_qn4158/is_20000401/ai_n14297139〉

10. "Between Two Worlds." Suzie Mackenzie. *The Guardian*. March 25, 2000. 〈http://www.guardian.co.uk/books/2000/mar/25/fiction.bookerprize2000〉

11. "Ishiguro Takes a Literary Approach to the Detective Novel." Alden Mudge. *BookPage*. September 2000. 〈http://www.bookpage.com/0009bp/kazuo_ishiguro.html〉

12. “January Interview: Kazuo Ishiguro.” Linda Richards. *January Magazine*. October 2000. 〈http://www.januarymagazine.com/profiles/ishiguro.html〉
13. “Interview: Kazuo Ishiguro Discusses His New Book *When We Were Orphans*.” *NPR Weekend Edition - Sunday*. October 22, 2000: 1.
14. “In the Land of Memory.” Adam Dunn. *CNN Interactive*. October 27, 2000. 〈http://archives.cnn.com/2000/books/news/10/27/kazuo.ishiguro/〉
15. “Q & A Interview.” Nermeen Shaikh. *Asia Source*. 2000. 〈http://www.asiasource.org/news/special_reports/ishiguro.cfm〉
16. “Kazuo Ishiguro.” Ron Hogan. *Beatrice Interview*. 2000. 〈http://www.beatrice.com/interviews/ishiguro/〉
17. “Profile: Kazuo Ishiguro: Master of Detached Passions.” John Walsh. *The Independent*. November 5, 2000. 〈http://findarticles.com/p/articles/mi_qn4158/is_20001105/ai_n14343239〉
18. “An Interview with Kazuo Ishiguro.” Brian W. Shaffer. *Contemporary Literature*. Spring 2001. Vol. 42, Iss. 1: 1.
19. “Like Idealism is to the Intellect: An Interview with Kazuo Ishiguro.” Cynthia F. Wong. *Clio*. Spring 2001. Vol. 30, Iss. 3: 309.
20. “Kazuo Ishiguro.” Lewis Burke Frumkes. *The Writer*. May 2001. Vol. 114, Iss. 5: 24.
21. “Living Memories.” Nicholas Wroe. *The Guardian*. February 19, 2005. 〈http://www.guardian.co.uk/books/2005/feb/19/fiction.kazuoishiguro〉
22. “For Me, England is a Mythical Place.” Tim Adams. *The Guardian*. February 20, 2005. 〈http://www.guardian.co.uk/books/2005/feb/20/fiction.kazuoishiguro〉
23. “A Conversation with Kazuo Ishiguro about *Never Let Me Go*.” *BookBrowse*. 2005. 〈http://www.bookbrowse.com/

author _interviews/full/index.cfm?author_number=477〉

24. “Kazuo Ishiguro: The Samurai of Suburbia.” Christina Patterson. *The Independent*. March 4, 2005. 〈http://www.independent.co.uk/arts-entertainment/books/features/kazuo-ishiguro-the-samurai-of-suburbia-527080.html〉

25. “Strange New World in *Never Let Me Go*, Kazuo Ishiguro Explores the Short, Sad Lives of Clones Bred as Organ Donors.” James Inverme. *Time International, Asia ed.*. March 28, 2005. Vol. 165, Iss. 12: 68.

26. “Interview with Kazuo Ishiguro.” Kevin Chong. *Books in Canada*. Toronto: Summer 2005. Vol. 34, Iss. 5: 17-19.

27. “Interview with Kazuo Ishiguro.” *Readers Read*. October 2005. 〈https://www.writerswrite.com/books/interview-with-kazuo-ishiguro-100120051〉

28. “Spiegel Interview with Kazuo Ishiguro.” Michael Scott Moore & Michael Sontheimer. *Spiegel Online*. October 5, 2005. 〈http://www.spiegel.de/international/spiegel-interview-with-kazuo-ishiguro-i-remain-fascinated-by-memory-a-378173.html〉

29. Shaffer, Brian W. & Wong, Cynthia F. ed. *Conversations with Kazuo Ishiguro*. Mississippi: UP of Mississippi, 2008. 〔前述の1、4、7、15、17、18、19の他、以下のインタビュー・対談が収められている。“In Conversation with Kazuo Ishiguro.” Christopher Bigsby. 1987. “Interview: David Sexton Meets Kazuo Ishiguro.” David Sexton. 1987. “Shorts: Kazuo Ishiguro.” Graham Swift. 1989. “Ishiguro in Toronto.” Suanne Kelman. 1989. “An Interview with Kazuo Ishiguro.” Allan Vorda and Kim Herzinger. 1990. “Don Swaim Interviews Kazuo Ishiguro.” Don Swaim. 1990. “Kazuo Ishiguro with Maya Jaggi.” Maya Jaggi. 1995. “Chaos as Metaphor: An Interview with Kazuo Ishiguro.” Peter Oliva. 1995. “Kazuo Ishiguro: The Sorbonne Lecture.” François Gallix. 1999. “Never Let Me Go: A Profile of Kazuo Ishiguro.” John Freeman. 2005. “Interview with Kazuo Ishiguro.” Karen Grigsby Bates. 2005. “A Conversation about Life and Art with Kazuo Ishiguro.” Cynthia F. Wong and Grace Crummett. 2006.〕

30. "G2: There comes a point when you can count the number of books you're going to write before you die. And you think, God, there's only four left': The G2 interview: Decca Aitkenhead meets: Kazuo Ishiguro." Decca Aitkenhead. *The Guardian*. April 27, 2009: 12.

31. "Literary Life: Kazuo Ishiguro Interview." Lorien Kite. *Financial Times*. London: March 15, 2015.

32. "A Language that Conceals: An Interview with Kazuo Ishiguro, author of *The Buried Giant*." Elysha Chang. *Electric Literature*. May 27, 2015. 〈https://electricliterature.com/a-language-that-conceals-an-interview-with-kazuo-ishiguro-author-of-the-buried-giant-9673849885c7〉

33. "Interview: Kazuo Ishiguro." *The Geek's Guide to the Galaxy*. August 2015. 〈http://www.lightspeedmagazine.com/nonfiction/interview-kazuo-ishiguro/〉

34. "Kazuo Ishiguro – Interview." *Nobelprize.org*. November 9, 2017. 〈http://www.nobelprize.org/nobel_prizes/literature/laureates/2017/ishiguro-interview.html〉

35. 「英ブッカー賞受賞作家　ルーツをたどる長崎への旅　カズオ・イシグロを読む」インタビュアー：和田俊『朝日ジャーナル』（一九九〇年一月一二日）、pp. 101-106.

36. 「英国文壇に新しいスタイルを拓く、ブッカー賞受賞の日本生まれの作家」『マリ・クレール』（一九九〇年二月）、pp. 124-125.

37. 「カズオ・イシグロ　英国文学の若き旗手」インタビュアー：青木保『中央公論』（一九九〇年三月）、pp. 300-309.

38. 「もうひとつの丘へ　作家の生成」対談：大江健三郎『Switch』（一九九一年一月）、pp.66-75.

39. 「一冊本を出したら、一年半か二年ぐらい世界二十七ヵ国を回らなければなりません――阿川佐和子のこの人に会いたい」対談：阿川佐和子『週刊文春』（二〇〇一年一一月八日）、pp. 144-148.

40. 「カズオ・イシグロ　記憶という不思議なレンズでイメージを操作します」『ハーパース・バザー』（二〇〇二年一月）、pp. 188-189.
41. 「INTERVIEW カズオ・イシグロ　注目の作家が語る最新長編の秘密〝私たちは自由に生きているつもりで、実際には…〟」『ELLE JAPON』（二〇〇二年一月）、p. 69.
42. 「いま小説が目指すこと」対談：池沢夏樹　『ミステリマガジン　47（2）（通号552）』（二〇〇二年二月）。
43. 「つねに、どの時点でも、そのつど新しい声を見つけなくちゃいけない」柴田元幸（編訳）『ナイン・インタビューズ　柴田元幸と九人の作家たち』（アルク、二〇〇四年）。
44. 「『わたしを離さないで』刊行　カズオ・イシグロ氏――短い生　人の本質問うクローン人間モチーフに」インタビュアー：山内則史『読売新聞』（二〇〇六年六月一二日付）。〈http://www.yomiuri.co.jp/book/news/20060612bk11.htm〉
45. 「インタビュー　カズオ・イシグロ――『わたしを離さないで』そして村上春樹のこと」インタビュアー：大野和基『文学界　60（8）』（二〇〇六年八月）、pp. 130-146. 〈http://globe-walkers.com/ohno/interview/kazuoishiguro.html〉
46. 「この「顔」に注目！　カズオ・イシグロ　英国を代表する作家が語る「私とニッポン」」『クーリエ・ジャポン』（二〇〇六年一一月二日）、pp. 10-11.
47. 「家族の風景が小さな世界に宿る　記憶の中に立ちあがる、私の〝二都物語〟」『婦人公論』（二〇〇六年一一月二二日）、pp. 146-148.
48. 「映画の脚本には小説とはまったく違ったアプローチで取り組みます。作家としての自我を忘れチームプレーに徹する」インタビュアー：入江敦彦『エスクァイア日本版』（二〇〇六年一二月）、pp. 269-272.
49. 「短い人生でも夢に向かって生きることができる。愛を見つけて人生を変えられるということ。それが大切なんだ」インタビュアー：高野裕子『SIGHT』（二〇〇七年一〇月）、pp. 194-203.
50. 「インタビュー　カズオ・イシグロ――僕らは一九五四年に生まれた」インタビュアー：柴田元幸『Coyote No. 26』（二〇〇八年三月）、pp. 40-44.
51. 「著者インタビュー　ジャンル分けできない作品で人間の「尊厳」の理由を書きたい　カズオ・イシグロ『わたしを離さないで』」『日経ビジネス　アソシエ』（二〇一一年三月一五日）、pp. 66-67.
52. 「movie『わたしを離さないで』語り継がれる名作がついに映画化。作家、カズオ・イシグロにインタビュー」『an・an』（二〇一一年三月三〇日）、p. 96.
53. 「カズオ・イシグロ『わたしを離さないで』切ないその運命を引き受ける犠牲者に、人間の最後の救いを見る」『Cut』（二〇一一年四月）、pp. 106-107.
54. 「『わたしを離さないで』Kazuo Ishiguro　過去と向き合い、自分を見つめること。真摯な作家からの伝言」『GQ Japan』（二〇一一年四月）、pp. 120-121.
55. 「『わたしを離さないで』が映画化された、作家、カズオ・イシグロさん――物語は〝記憶〟から生まれる」『FRaU』（二〇一一年四月）、pp. 192-193.
56. 「カズオ・イシグロインタビュー『わたしを離さないで』本作の原作者であり映画のエグゼクティブ・プロデューサーを務めたカズオ・イシグロが一〇年ぶりに来日」インタビュアー：福岡伸一『Switch』（二〇一一年四月）、pp. 138-139.
57. 「カズオ・イシグロ　僕の登場人物たちは運命を受け入れ、最善を尽くしている」『AERA English』（二〇一一年五月）、pp. 4-5.
58. 「「カズオ・イシグロ」を読むとき」インタビュアー：平井杏子、柴田元幸、マーク・ロマネク『ミセス』（二〇一一年五月）、pp. 247-255.

59. 「ひと　カズオ・イシグロ」インタビュアー：立田敦子『すばる』(二〇一一年五月)、pp. 250-253.
60. 「カズオ・イシグロ　日本とイギリスの文化を背景に活躍する世界的作家」『ELLE JAPON』(二〇一一年五月)、p. 89.
61. 「カズオ・イシグロ　僕はシャーロック・ホームズ・マニアでね」『AERA English』(二〇一一年六月)、pp. 28-29.
62. 「愛はクローン人間の悲しみを救えるか」インタビュアー・編：大野和基『知の最先端』(ＰＨＰ研究所、二〇一三年)。
63. 「私はなぜ『日の名残り』を四週間で書けたのか　世界的作家の「創作の秘密」」『クーリエ・ジャポン』(二〇一五年二月)、pp. 52-53.
64. 「Who's hot?　この人に注目！　カズオ・イシグロ　作家　最近やっと、移動中にメールチェックできるようになりました」『an・an』(二〇一五年七月二二日)、pp. 57-59.
65. 「著者の告白　カズオ・イシグロ『忘れられた巨人』早川書房　「子どものころの大切な記憶を記録するために小説を書きました」」『女性自身』(二〇一五年七月二八日)、pp. 118-119.
66. 「この国にとっての〝忘れられた巨人〟とは」『ミセス』(二〇一五年八月)、p. 253.
67. 「『忘れられた巨人』刊行記念スペシャル・トーク　過去を思い記憶を語る　カズオ・イシグロ＋杏」対談：杏、市川真人他『早稲田文学〔第一〇次〕12』(早稲田文学会、二〇一五年)、pp. 295-302.
68. 「オープン・インタビュー　カズオ・イシグロが語る記憶と忘却、そして文学」翻訳：河内恵子『三田文学〔第三期〕94(123)』(三田文学会、二〇一五年)、pp. 158-193.
69. 「平成の原節子、世界的作家に会いに行く　綾瀬はるか×カズオ・イシグロ」対談：綾瀬はるか『文芸春秋94(2)』(二〇一六年二月)、pp. 212-221.

70. 「英国で一〇〇万部突破！　ブッカー賞受賞作家の名作『わたしを離さないで』ドラマ化　カズオ・イシグロインタビュー」『ダ・ヴィンチ』（二〇一六年二月）、pp. 80-81.
71. 『カズオ・イシグロ　創作の秘密を語る（CNNEE ベスト・セレクション　インタビュー 19）』対談：土屋政雄、柴田元幸、杏他（朝日出版社、二〇一六年一〇月）。〔『CNN ENGLISH EXPRESS』編集部編『CNN ENGLISH EXPRESS』二〇一五年九月号掲載の「スペシャル・インタビュー」をもとに制作。音声ＤＬ付き。〕
72. 「理想としてのノスタルジア――カズオ・イシグロ独占インタビュー」「愛は死を相殺できる――インタビュー『わたしを離さないで』」『The Japan Times News Digest Vol. 69』（ジャパンタイムズ、二〇一七年一一月）、pp. 86-107.〔カズオ・イシグロ生音声ＣＤ一枚つき。〕

Ⅲ　国内雑誌記事

1. 「特集　カズオ・イシグロ――もうひとつの丘へ」『Switch Vol. 8, No. 6.』（扶桑社、一九九一年一月）。
2. 「来たるべき作家たち　海外作家の仕事場 1998」『新潮 mook』（新潮社、一九九八年六月）。
3. 「カズオ・イシグロと無限の物語」（柴田元幸講演リポート）『ミステリマガジン　52（2）（通号 612）』（二〇〇七年二月）。
4. 「特集　カズオ・イシグロ」『水声通信 4（5）』（水声社、二〇〇八年九月）。
5. 「特集　カズオ・イシグロ『忘れられた巨人』――失う記憶、取り戻す記憶」『新刊展望 59（8）』（日本出版販売、二〇一五年八月）。
6. 「ノーベル賞「カズオ・イシグロ」　渡英五七年でも日本の名残り（ワイド特集　人生の残照）」『週刊新潮 62（40）』（新潮社、二〇一七年一〇月）。

7.　「祝！　ノーベル文学賞　祖父は伊藤忠「伝説の商社マン」　妻・ローナさんには頭があがりません　カズオ・イシグロ　いとこが本誌に明かした「一雄くんのこと」」『週刊現代 59（38）』（講談社、二〇一七年一〇月）。
8.　「特集　カズオ・イシグロ」『ユリイカ　49（21）』（青土社、二〇一七年一一月）。
9.　「カズオ・イシグロが語った「村上春樹と故郷・日本」」『文学界　71（12）』（文芸春秋、二〇一七年一一月）。

Ⅳ　研究書・関連書

1. Shaffer, Brian W. *Understanding Kazuo Ishiguro*. Columbia: U of South Carolina P, 1998; rpt. 2008.
2. Petry, Mike. *Narratives of Memory and Identity: The Novels of Kazuo Ishiguro*. Frankfurt: Peter Lang, 1999.
3. Lewis, Barry. *Kazuo Ishiguro*. Manchester: Manchester UP, 2000.
4. Peters, Sarah. "*Remains of the Day*", *Kazuo Ishiguro*. London: York P, 2000.
5. Wong, Cynthia F. *Kazuo Ishiguro*. Tavistock: Northcote House, 2000; rpt. 2005.
6. Parkes, Adam. *Kazuo Ishiguro's* The Remains of the Day*: A Reader's Guide*. N.Y. and London: Continuum, 2001.
7. Stanton, Katherine. *Cosmopolitan Fictions: Ethics, Politics, and Global Change in the Works of Kazuo Ishiguro, Michael Ondaatje, Jamaica Kincaid, and J. M. Coetzee*. N.Y. and London: Routledge, 2005.
8. O'Brien, John. ed. *Gert Jonke, Kazuo Ishiguro, Emily Holmes Coleman*（*Review of Contemporary Fiction*）. Vol. 25, Dalkey Archive P, 2005.
9. Sim, Wai-chew. *Globalization and Dislocation in the Novels of Kazuo Ishiguro*. N.Y.: Edwin Mellen P, 2006.
10. Herbert, Marilyn. *BookClub-in-a-Box Discusses* Never Let Me Go*, the Novel by Kazuo Ishiguro*. Toronto: BookClub-in-a-Box, 2008.

11. Müller, Anna Ráhel. *The Comparison of Kazuo Ishiguro's* The Remains of the Day *and its Film*. Saarbrücken: VDM Verlag, 2008.
12. Hochmuth, Teresa. *The Incompatibility of Self and Service as Presented in Kazuo Ishiguro's* The Remains of the Day. Munich: Grin Publishing, 2008.
13. Göb, Sebastian. *Self-Deception and Insight. the Concept of Unreliable Narration in Kazuo Ishiguro's* the Remains of the Day. Munich: Grin Publishing, 2008.
14. Beedham, M. *The Novels of Kazuo Ishiguro*. London: Palgrave, 2009.
15. Willems, Brian. *Facticity, Poverty and Clones: On Kazuo Ishiguro's* Never Let Me Go. New York: Atropos Press, 2010.
16. Matthews, Sean & Groes, Sebastian. ed. *Kazuo Ishiguro: Contemporary Critical Perspectives*. N.Y. and London: Continuum, 2010.
17. Cheng, Chu-chueh. *The Margin Without Centre: Kazuo Ishiguro*. Pieterlen: Peter Lang Pub Inc, 2010.
18. Jakus, Enikő. *Modern Utopia and Dystopia in the Novel* Never Let Me Go *by Kazuo Ishiguro*. Munich: Grin Publishing, 2011.
19. Groes, Sebastian & Lewis, Barry. ed. *Kazuo Ishiguro: New Critical Visions of the Novels*. London: Palgrave, 2011.
20. Das, Rajanikanta. *Analysis of Kazuo Ishiguro's "A Family Supper."* Munich: Grin Publishing, 2012.
21. Bay, Lynn. *A Great Butler: The Unreliable Narrator in Kazuo Ishiguro's* The Remains of the Day. Munich: Grin Publishing, 2012.
22. Schonfelder, Gregor. *About Wasted Opportunities in Kazuo Ishiguro's* The Remains of the Day. Munich: Grin Publishing, 2012.
23. Bay, Lynn. *Samurai Ethics in the Works of Kazuo Ishiguro*. Munich: Grin Publishing, 2013.

24. Sim, Wai-Chew. *Kazuo Ishiguro* (*Routledge Guides to Literature*). Oxford: Routledge, 2014.
25. Gmiat, Kinga. *Stripped of Humanity: Dehumanization in Kazuo Ishiguro's Never Let Me Go*. Munich: Grin Publishing, 2014.
26. Drag, Wojciech. *Revisiting Loss: Memory, Trauma and Nostalgia in the Novels of Kazuo Ishiguro*. Cambridge: Cambridge Scholars Publishing, 2014.
27. Teo, Y. *Kazuo Ishiguro and Memory*. London: Palgrave Macmillan, 2014.
28. Katalin, Szederkenyi Eva. *Deciphering Gaps and Silences in Kazuo Ishiguro's Early Novels*. Saarbrücken: Lambert Academic Publishing, 2015.
29. Fonioková, Zuzana. *Kazuo Ishiguro and Max Frisch: Bending Facts in Unreliable and Unnatural Narration*. Pieterlen: Peter Lang Pub Inc, 2015.
30. Harms, Malte. *Empathy in Kazuo Ishiguro's* Never Let Me Go. Munich: Grin Publishing, 2015.
31. Konkol, Sylvio. *Imprisonment and Release in Kazuo Ishiguro's* the Remains of the Day. Munich: Grin Publishing, 2015.
32. Wong, Cynthia F. *Kazuo Ishiguro in a Global Context*. Oxford: Routledge, 2016.
33. 平井杏子『カズオ・イシグロ――境界のない世界』（水声社、二〇一一年）。
34. 荘中孝之『カズオ・イシグロ――〝日本〟と〝イギリス〟の間から』（春風社、二〇一一年）。
35. 日吉信貴『カズオ・イシグロ入門』（リットーミュージック、二〇一七年）。

V　海外研究論文

1. Anonymous. "Ishiguro, Kazuo." *Current Biography*. Bronx: September 1990. Vol. 51, Iss. 9: 30.

2. Ayres, Ian. & Talley, Eric. "Distinguishing between Consensual and Nonconsensual Advantages of Liability Rules." *The Yale Law Journal*. New Haven: October 1995. Vol. 105, Iss. 1: 235-253.
3. Oyabu, Kana. "Cross-cultural Fiction: The Novels of Timothy Mo and Kazuo Ishiguro." PhD dissertation, University of Exeter, 1995.
4. O'Brien, Susie. "Serving a New World Order: Postcolonial Politics in Kazuo Ishiguro's *The Remains of the Day*." *Modern Fiction Studies*. West Lafayette: Winter 1996. Vol. 42, Iss. 4: 787-806.
5. Rothfork, John. "Zen Comedy in Postcolonial Literature: Kazuo Ishiguro's *The Remains of the Day*." *Mosaic*. Winnipeg: March 1996. Vol. 29, Iss. 1: 79.
6. Slay Jr., Jack. "Ishiguro's *The Remains of the Day*." *The Explicator*. Washington: Spring 1997. Vol. 55, Iss. 3: 180-182.
7. Murchison, Brian C. "Speech and the Self-Realization Value." *Harvard Civil Rights*. Cambridge: Summer 1998. Vol. 33, Iss. 2: 443-503.
8. Lang, James M. "Public Memory, Private History: Kazuo Ishiguro's *The Remains of the Day*." *Clio*. Fort Wayne: Winter 2000. Vol. 29, Iss. 2: 143-165.
9. Walkowitz, Rebecca Lara. "Cosmopolitan Style: English Modernisms, International Cultures, and the Twentieth-century Novel." PhD dissertation, Harvard University, 2000.
10. Walkowitz, Rebecca Lara. "Ishiguro's Floating Worlds." *ELH*. Baltimore: Winter 2001. Vol. 68, Iss. 4: 1049.
11. Adelman, Gary. "Doubles on the Rocks: Ishiguro's *The Unconsoled*." *Critique*. Washington: Winter 2001. Vol. 42, Iss. 2: 166-179.
12. Howard, Ben. "A Civil Tongue: The Voice of Kazuo Ishiguro." *Sewanee Review*. Sewanee: Summer 2001. Vol. 109, Iss.

3: 398.

13. Robbins, Bruce. “Very Busy Just Now: Globalization and Harriedness in Ishiguro’s *The Unconsoled*.” *Comparative Literature*. Eugene: Fall 2001. Vol. 53, Iss. 4: 426-441.

14. Baer, Dorothy Cecilia. “Specters of Empire: The Servants/Slave Character in Three British Novels.” PhD dissertation, Temple University, 2001.

15. Irimm, Ryan Stanford. “Belated Englishness: Nostalgia and Postimperial Identity in Contemporary British Fiction and Film.” PhD dissertation, The University of North Carolina at Chapel Hill, 2001.

16. Islam, Maimuna Dali. “Nomadic Urges in Technicolour, and, Postmodern Mourning in Salman Rushdie, Kazuo Ishiguro and Haruki Murakami: The Subaltern Speaks.” PhD dissertation, University of Denver, 2001.

17. Lee, Karen An-Hwei. “Prosthetic Texts/Phantom Originals: Translations of Cultural Consciousness in Theresa Cha, Chuang Hua, Sui Sin Far, Kazuo Ishiguro, and Virginia Woolf.” PhD dissertation, University of California, Berkeley, 2001.

18. McCombe, John P. “The End of (Anthony) Eden: Ishiguro’s *The Remains of the Day* and Midcentury Anglo-American Tensions.” *Twentieth Century Literature*. Hempstead: Spring 2002. Vol. 48, Iss. 1: 77-100.

19. Su, John J. “Refiguring National Character: The Remains of the British Estate Novel.” *Modern Fiction Studies*. West Lafayette: Fall 2002. Vol. 48, Iss. 3: 552.

20. Gorjup, Branko. “Lingering on Posted Land: An Interview with Leon Rooke.” *World Literature Today*. Norman: April - June 2003. Vol. 77, Iss. 1: 49.

21. Luo, Shao-Pin. “Living the Wrong Life: Kazuo Ishiguro’s Unconsoled Orphans.” *Dalhousie Review*. Halifax: Spring 2003. Vol. 83, Iss. 1: 51.

22. Fisk, Gloria Lynn. “Tragic Knowledge in Postmodern Novels.” PhD dissertation, City University of New York, 2003.
23. Stanton, Katherine Ann. “Worldwise: Global Change and Ethical Demands in the Cosmopolitan Fictions of Kazuo Ishiguro, Jamaica Kincaid, J. M. Coetzee, and Michael Ondaatje.” PhD dissertation, Rutgers, The State University of New Jersey - New Brunswick, 2003.
24. Westerman, Molly. “Is the Butler Home? Narrative and the Split Subject in *The Remains of the Day*.” *Mosaic*. Winnipeg: September 2004. Vol. 37, Iss. 3: 157-170.
25. Sim, Wai-chew. “Kazuo Ishiguro.” *Review of Contemporary Fiction*. Normal: Spring 2005. Vol. 25, Iss. 1: 80-115.
26. Robinson, Richard. “Nowhere, in Particular: Kazuo Ishiguro’s *The Unconsoled* and Central Europe.” *The Critical Quarterly*. Hull: Winter 2006. Vol. 48, Iss. 4: 107.
27. Mirsky, Marvin. “Notes on Reading Kazuo Ishiguro’s *Never Let Me Go*.” *Perspectives in Biology and Medicine*. Chicago: Autumn 2006. Vol. 49, Iss. 4: 628-630.
28. Park, Seonjoo. “Towards a Transnational Aesthetics: Literary Displacement and Translation as a Transnational Narrative Space.” PhD dissertation, University of Massachusetts Amherst, 2006.
29. Reitano, Natalie. “Against Redemption: Interrupting the Future in the Fiction of Vladimir Nabokov, Kazuo Ishiguro and W. G. Sebald.” PhD dissertation, City University of New York, 2006.
30. McDonald, Keith. “Days of Past Futures: Kazuo Ishiguro’s *Never Let Me Go* as “Speculative Memoir”.” *Biography*. Honolulu: Winter 2007. Vol. 30, Iss. 1: 74-85.
31. Walkowitz, Rebecca Lara. “Unimaginable Largeness: Kazuo Ishiguro, Translation, and the New World Literature.” *Novel*. Providence: Summer 2007. Vol. 40, Iss. 3: 216-240.
32. Furst, Lilian R. “Memory’s Fragile Power in Kazuo Ishiguro’s *The Remains of the Day* and W. G. Sebald’s “Max

Ferber”.” *Contemporary Literature*. Madison: Winter 2007. Vol. 48, Iss. 4: 530.

33. Whyte, Philip. “The Treatment of Background in Kazuo Ishiguro’s *The Remains of the Day*.” *Commonwealth : Essays and Studies*. Paris: Autumn 2007. Vol. 30, Iss. 1: 73-82, 118.

34. Toker, Leona & Chertoff, Daniel. “Reader Response and the Recycling of Topoi in Kazuo Ishiguro’s *Never Let Me Go*.” *Partial Answers*. Baltimore: Jan 2008. Vol. 6, Iss. 1: 163-180.

35. Liaschenko, Timothy. “Problems of professionalism in three novels of Kazuo Ishiguro.” Villanova University, ProQuest Dissertations Publishing, 2008.

36. Mitra, Madhuparna. ““Spontaneous Mirth” out of “a Misplaced Respectfulness”: A Bakhtinian Reading of Kazuo Ishiguro’s *The Remains of the Day*.” *Ariel*. Calgary: Jul 2008. Vol. 39, Iss. 3: 45.

37. Teo, Yugin. “Kazuo Ishiguro and the work of memory.” University of Sussex (United Kingdom), ProQuest Dissertations Publishing, 2009.

38. Mohammad, Malek Hardan. “The discourse of human dignity and techniques of disempowerment: Giorgio Agamben, J. M. Coetzee, and Kazuo Ishiguro.” Texas A&M University, ProQuest Dissertations Publishing, 2010.

39. Karni, Rebecca. “Kazuo Ishiguro and the Ethics of Reading World Literature.” University of California, Los Angeles, ProQuest Dissertations Publishing, 2010.

40. Carroll, Rachel. “Imitations of life: cloning, heterosexuality and the human in Kazuo Ishiguro’s *Never Let Me Go*.” *Journal of Gender Studies*. Abingdon: Mar 2010. Vol. 19, Iss. 1: 59.

41. Niederhoff, Burkhard. “Unlived Lives in Kazuo Ishiguro’s *The Remains of the Day* and Tom Stoppard’s *The Invention of Love*.” *Connotations: a Journal for Critical Debate*. Münster: 2010/2011. Vol. 20, Iss. 2/3: 164-188.

42. Cheng, Chu-chueh. “Cosmopolitan Alterity: America as the Mutual Alien of Britain and Japan in Kazuo Ishiguro’s

Novels." *Journal of Commonwealth Literature*. St. Giles: Jun 2010. Vol. 45, Iss. 2: 227.

43. Goh, Robbie B. H. "The Postclone-nial in Kazuo Ishiguro's *Never Let Me Go* and Amitav Ghosh's *The Calcutta Chromosome*: Science and the Body in the Asian Diaspora." *Ariel*. Calgary: Jul/Oct 2010. Vol. 41, Iss. 3-4: 45.

44. Karni, Rebecca. "Kazuo Ishiguro's Reflective Signs." *Studies in the Humanities*. Indiana: Dec 2010. Vol. 37/38, Iss. 1/2: 112-137, 86.

45. Anonymous. "Kazuo Ishiguro on film adaptations: *Never Let Me Go*." *The Economist* (*Online*). London: Dec 15, 2010.

46. Pandey, Anjali. ""Cloning Words": Euphemism, Neologism and Dysphemism as Literary Devices in Kazuo Ishiguro's *Never Let Me Go*." *Changing English: Studies in Culture and Education*. Abingdon: Dec 9, 2011. Vol. 18, Iss. 4: 383-396.

47. Eatough, Matthew, "The Time that Remains: Organ Donation, Temporal Duration, and Bildung in Kazuo Ishiguro's *Never Let Me Go*." *Literature and Medicine*. Baltimore: Spring 2011. Vol. 29, Iss. 1: 132-160.

48. Spark, Gordon Andrew. "A matter of time?: temporality, agency and the cosmopolitan in the novels of Kazuo Ishiguro and Timothy Mo." University of Dundee (United Kingdom), ProQuest Dissertations Publishing, 2011.

49. McKelvey, Stacy Marie. "A Figura of Authenticity: Redefining Authentic Living in Kazuo Ishiguro's *Never Let Me Go*." State University of New York at Stony Brook, ProQuest Dissertations Publishing, 2011.

50. Whitehead, Anne. "Writing with Care: Kazuo Ishiguro's *Never Let Me Go*." *Contemporary Literature*. Madison: Spring 2011. Vol. 52, Iss. 1: 54.

51. Suter, Rebecca. "Untold and Unlived Lives in Kazuo Ishiguro's *Never Let Me Go*: A Response to Burkhard Niederhoff." *Connotations: a Journal for Critical Debate*. Münster: 2011/2012. Vol. 21, Iss. 2/3: 397-406.

52. Medrea, Nicoleta. "The Reconfiguration of the Identity Discourse in the Writings of Salman Rushdie, V. S. Naipaul and Kazuo Ishiguro." *Studia Universitatis Petru Maior. Philologia*. Targu-Mures: 2011. Iss. 11: 201-207.

53. Eckert, Ken. "Evasion and the Unsaid in Kazuo Ishiguro's *A Pale View of Hills*." *Partial Answers*. Baltimore: Jan 2012. Vol. 10, Iss. 1: 77-92.

54. van Bever Donker, Vincent. "Ethics and recognition in postcolonial literature: reading Amitav Ghosh, Caryl Phillips, Chimamanda Adichie and Kazuo Ishiguro." University of Oxford (United Kingdom), ProQuest Dissertations Publishing, 2012.

55. McArthur, Elizabeth Andrews. "Narrative Topography: Fictions of Country, City, and Suburb in the Work of Virginia Woolf, W. G. Sebald, Kazuo Ishiguro, and Ian McEwan." Columbia University, ProQuest Dissertations Publishing, 2012.

56. Mazullo, Mark. "Alone: Kazuo Ishiguro and the Problem of Musical Empathy." *The Yale Review*. New Haven: Apr 2012. Vol. 100, Iss. 2: 78-98.

57. Weston, Elizabeth. "Commitment Rooted in Loss: Kazuo Ishiguro's *When We Were Orphans*." *Critique*. Washington: 2012. Vol. 53, Iss. 4: 337.

58. Guo, Deyan. "Trauma, Memory and History in Kazuo Ishiguro's Fiction." *Theory and Practice in Language Studies*. London: Dec 2012. Vol. 2, Iss. 12: 2508-2516.

59. Webster Thomas, Diane A. "Identity, identification and narcissistic phantasy in the novels of Kazuo Ishiguro." University of East London (United Kingdom), ProQuest Dissertations Publishing, 2013.

60. Han, Bianca-Oana. "Ishiguro's Dialogues (II) (If Only Words Could Speak...): Discourse analysis applied to some dialogues from *The Remains of the Day* by Kazuo Ishiguro." *Studia Universitatis Petru Maior. Philologia*. Targu-Mures: 2013. Iss. 15: 134-140.

61. Fairbanks, A Harris. "Ontology and Narrative Technique in Kazuo Ishiguro's *The Unconsoled*." *Studies in the Novel*. Denton: Winter 2013. Vol. 45, Iss. 4: 603-619.

62. Harrell, Katherine E. "The Narrators and Narratees of Kazuo Ishiguro." University of Denver, ProQuest Dissertations Publishing, 2014.

63. Anderson, Jeffery Paul. "The duplicitous nature of empathy in Kazuo Ishiguro's *Never Let Me Go*." California State University, Los Angeles, ProQuest Dissertations Publishing, 2014.

64. Teo, Yugin. "Testimony and the Affirmation of Memory in Kazuo Ishiguro's *Never Let Me Go*." *Critique*. Washington: 2014. Vol. 55, Iss. 2: 127.

65. Quarrie, Cynthia. "Impossible Inheritance: Filiation and Patrimony in Kazuo Ishiguro's *The Unconsoled*." *Critique*. Washington: 2014. Vol. 55, Iss. 2: 138.

66. Wright, Timothy. "No Homelike Place: The Lesson of History in Kazuo Ishiguro's *An Artist of the Floating World*." *Contemporary Literature*. Madison: Spring 2014. Vol. 55, Iss. 1: 58.

67. Constantin, Andreea Raluca. "A Japanese Author under Romanian Lenses - Kazuo Ishiguro." *Romanian Economic and Business Review*. Brasov: Fall 2014. Vol. 9, Iss. 3: 82-90.

68. Gill, Josie. "Written on the Face: Race and Expression in Kazuo Ishiguro's *Never Let Me Go*." *Modern Fiction Studies*. Baltimore: Winter 2014. Vol. 60, Iss. 4: 844-I.

69. Pérez, Eva M. ""As if Empires Were Great and Wonderful Things": A Critical Reassessment of the British Empire During World War Two in Louis de Bernières' *Captain Corelli's Mandolin*, Mark Mills' *The Information Officer* and Kazuo Ishiguro's *When We Were Orphans*." *Cross / Cultures*. Leiden: 2015. Vol. 182: 217-239, 438-439.

70. Ionescu, Andreea. "An Imagological Reading of Kazuo Ishiguro's *When We Were Orphans*." *Cultural Intertexts*. Cluj-Napoca: 2015. Vol. 3: 62-71.

71. Harikrishnan, Charmy. "Remains of the daze: Kazuo Ishiguro's new novel that sprawls and at times plods through a

mythical, mist-laden Medieval Britain is a meditation on forgetfulness." *India Today*. New Delhi : Mar 23, 2015.

72. Smallwood, Christine. "The Test of Time: Kazuo Ishiguro's novels of remembering." *Harper's Magazine*. New York: Apr 2015. Vol. 330, Iss. 1979: 89-94.

73. Juhász, Tamás. "Inaudible Sons: Music and Diaspora in Kazuo Ishiguro's *The Unconsoled*." *Transnational Literature*. Bedford Park: May 2015. Vol. 7, Iss. 2: 1-13.

74. Stacy, Ivan. "Complicity in Dystopia: Failures of Witnessing in China Miéville's *The City and the City* and Kazuo Ishiguro's *Never Let Me Go*." *Partial Answers*. Baltimore: Jun 2015. Vol. 13, Iss. 2: 225-250.

75. Abrams, Robert C. "Kazuo Ishiguro's *Never Let Me Go*: a model of 'completion' for the end of life." *Medical Humanities*. London: Mar 2016. Vol. 42, Iss. 1: 42.

76. Marchalik, Daniel & Jurecic, Ann. "Kazuo Ishiguro's uncanny science." *Lancet*. London: April 2, 2016. Vol. 387, Iss. 10026: 1365.

77. Johansen, Emily. "Bureaucracy and narrative possibilities in Kazuo Ishiguro's *Never Let Me Go*." *Journal of Commonwealth Literature*. St. Giles: Sep 2016. Vol. 51, Iss. 3: 416-431.

78. Marcus, Amit. "Kazuo Ishiguro and Memory." *Partial Answers*. Baltimore: Jan 2017. Vol. 15, Iss. 1: 193-196.

79. Garland-Thomson, Rosemarie. "Eugenic World Building and Disability: The Strange World of Kazuo Ishiguro's *Never Let Me Go*." *The Journal of Medical Humanities*. New York: June 2017. Vol. 38, Iss. 2: 133-145.

Ⅵ　国内研究論文

1. 皆見昭「Kazuo Ishiguro の世界」『研究論集　Vol. 47』（関西外国語大学、一九八八年一月）、pp. 63-78.

2. 小野寺健「カズオ・イシグロの寡黙と饒舌」『英語青年　134（8）』（研究社、一九八八年一一月）、pp. 399-401.
3. （榎本義子）Enomoto, Yoshiko. "Japanese Identity in the Novels of Kazuo Ishiguro".『フェリス女学院大学文学部紀要　Vol. 34』（フェリス女学院大学、一九九〇年三月）、pp. 171-180.
4. （パウンズ、ウェイン）Pounds, Wayne. "The Novels of Kazuo Ishiguro as Socially Symbolic Action".『英文学思潮　Vol. 63』（青山学院大学、一九九〇年）、pp. 133-155.
5. 谷田恵司「老執事の旅——カズオ・イシグロの『日の名残り』」『東京家政大学研究紀要　Vol. 32』（東京家政大学、一九九二年二月）、pp. 37-44.
6. （松岡直美）Matsuoka, Naomi. "Finding Out the Truth: The Ordeal by Arranged Marriage".『国際関係研究　国際文化篇　13（1）』（日本大学国際関係学部国際関係研究所、一九九二年七月）、pp. 69-78.
7. （ウェイン、ピーター）Wain, Peter. "The Historical-Political Aspect of the Novels of Kazuo Ishiguro."『言語文化部紀要　Vol. 23』（北海道大学、一九九三年三月）、pp. 177-205.
8. 坂口明徳「庭を覗く少年——カズオ・イシグロ『浮世の画家』考」『二〇世紀英文学研究Ⅴ　多文化時代のイギリス小説』（金星堂、一九九三年）。
9. 松岡直美「イシグロ・カズオの日本——記憶と概念によるヴィジョン」日本比較文学会編『ヴィジョンの比較文化——美・滅び・異郷』（思文閣出版、一九九四年）。
10. 木下卓「〈外部〉の導入——カズオ・イシグロの新作」『英語青年　141（3）』（研究社、一九九五年六月）、p. 120.
11. 坂口明徳「冗談は言わないで——カズオ・イシグロ『日の名残り』考」『*Otsuma review* Vol. 28』（大妻女子大学、一九九五年七月）、pp. 17-27.

12. 中川僚子「越境する人間――境界に生きる作家」竹田宏編『ヒューマニズムの変遷と展望』（未来社、一九九五年）。
13. 富士川義之「過去は外国である――カズオ・イシグロの英国性」『新潮　94（1）』（新潮社、一九九七年一月）、pp. 217-229.
14. 大藪加奈「カズオ・イシグロの『女たちの遠い夏』における夢想的ナラティブ」『言語文化論叢　Vol. 1』（金沢大学、一九九七年三月）、pp. 187-208.
15. 中川僚子「執事とイギリス的イギリス人」杉恵惇宏編『誘惑するイギリス』（大修館書店、一九九九年）。
16. 正宗聡「Kazuo Ishiguro の *The Unconsoled* における現実世界の規定の問題について」『山口大学哲学研究　Vol. 8』（山口大学、一九九九年）、pp. 21-36.
17. （長谷川寿美）Hasegawa, Hisami. "Memories and Dreams: A Study of the Imagery in *A Pale View of Hills* by Kazuo Ishiguro". 『*Ferris Wheel* Vol. 3』（フェリス女学院大学、二〇〇〇年三月）、pp. 1-14.
18. 長柄裕美「現実と追憶の揺らぎのなかで――カズオ・イシグロ *A Pale View of Hills* 試論」『鳥取大学教育地域科学部紀要 Vol. 3, No. 2』（鳥取大学、二〇〇二年一月）、pp. 135-150.
19. （コーラン、デーヴィッド）Coughlan, David. "Reading Kazuo Ishiguro's *The Unconsoled*."『総合政策研究　Vol. 10』（中央大学、二〇〇三年七月）、pp. 259-283.
20. 平井杏子「カズオ・イシグロの長崎」『文学界　57（12）』（文芸春秋、二〇〇三年一二月）、pp. 16-18.
21. （大藪加奈）Oyabu, Kana. "Change of Life, Change of Tone: Kazuo Ishiguro's *An Artist of the Floating World*".『言語文化論叢　Vol. 8』（金沢大学、二〇〇四年三月）、pp. 73-97.
22. （松岡直美）Matsuoka, Naomi. "Kazuo Ishiguro and Shanghai: Orphans in the Foreign Enclave".『国際関係研究 25（3）』（日本大学国際関係学部国際関係研究所、二〇〇四年一二月）、pp. 99-109.

23. 平井法（平井杏子）「カズオ・イシグロ『遠い山なみの光』論」『学苑　773』（昭和女子大学、二〇〇五年三月）、pp. 78-87.
24.（大藪加奈）Oyabu, Kana. “Stevens’ “Unhomely” Home: Profession as Home in Kazuo Ishiguro’s *The Remains of the Day*”.『言語文化論叢　Vol. 9』（金沢大学、二〇〇五年三月）、pp. 27-40.
25.（ハルディン、ジョゼフ）Haldane, Joseph. “Kazuo Ishiguro, *Never Let Me Go*”.『*NUCB journal of language culture and communication* Vol. 17』（名古屋商科大学、二〇〇五年一一月）、pp. 111-112.
26. 池園宏「カズオ・イシグロ『日の名残り』における時間と記憶」福岡現代英国小説談話会編『ブッカー・リーダー――現代英国・英連邦小説を読む』（開文社出版、二〇〇五年）。
27. 荘中孝之「カズオ・イシグロと原爆」中山喜代市教授古稀記念論文集刊行委員会編『楽しく読むアメリカ文学――中山喜代市教授古稀記念論文集』（大阪教育図書、二〇〇五年）。
28. 平井杏子「迷路へ、カズオ・イシグロの」『文学空間 02――記憶のディスクール』（風濤社、二〇〇五年）、pp. 54-71.
29. 三村尚央「Kazuo Ishiguro 研究――どこにも属さない国際作家としての挑戦」（広島大学、博士論文、二〇〇五年受理）。
30. 山内啓子「カズオ・イシグロの文体」富山太佳夫、加藤文彦、石川慎一郎編『テクストの地平――森晴秀教授古稀記念論文集』（英宝社、二〇〇五年）。
31. 平井法（平井杏子）「カズオ・イシグロ『充たされざる者』論――〈信頼できない語り手〉をめぐって」『学苑　785』（昭和女子大学、二〇〇六年三月）、pp. 60-69.
32. 平井法（平井杏子）「カズオ・イシグロ『日の名残り』論――greatness とは何か」『学苑　792』（昭和女子大学、二〇〇六年一〇月）、pp. A12-A21.

33. （高橋美知子）Takahashi, Michiko. "Ourselves, Seen Through a Glass, Darkly: The Relationship between Human Beings and clones in Kazuo Ishiguro's *Never Let Me Go*." 『長崎外大論叢　Vol. 10』（長崎外国語大学、二〇〇六年一一月）、pp. 197-208.
34. 荘中孝之「カズオ・イシグロの文体とテーマに見られる日本的美学——谷崎潤一郎の『文章読本』を参照して」『研究論叢（通号67）』（京都外国語大学、二〇〇六年）、pp. 41-49.
35. 松岡直美「カズオ・イシグロの小説における『ポストモダンへの転向』——『国家』から『語り』へ」（日本大学、博士論文、二〇〇六年受理）。
36. 荘中孝之「Kazuo Ishiguroの作品に見られる母性への憧憬——*When We Were Orphans*を中心に」『*SELL: studies in English linguistics & literature* Vol. 24』（京都外国語大学、二〇〇七年）、pp. 79-92.
37. 安藤聡「カズオ・イシグロ『日の名残り』——神話的イングランドの崩壊」『愛知大学文学論叢　135』（愛知大学文学会、二〇〇七年二月）、pp. 165-185.
38. 石毛晶子「カズオ・イシグロ作品における模索するアイデンティティ」『*Otsuma review* Vol. 40』（大妻女子大学、二〇〇七年七月）、pp. 165-182.
39. 長井苑子「カズオ・イシグロ『わたしを離さないで』——文学にみる病いと老い（39）」『介護支援専門員 9（3）（通号49）』（メディカルレビュー社、二〇〇七年五月）、pp. 76-82.
40. 西谷修「《思い出をもつ》ことの無惨　カズオ・イシグロの最新作について——理性の探求（12）」『UP　36（5）（通号415）』（東京大学出版会、二〇〇七年五月）、pp. 48-53.
41. 吉岡栄一「家族——カズオ・イシグロ『夕餉』」『国文学　解釈と教材の研究　52（13）（通号757）（臨増読んでおくべき／おすすめの短篇小説50——外国と日本）』（学燈社、二〇〇七年一〇月）、pp. 102-104.
42. 平井法（平井杏子）「カズオ・イシグロ『わたしたちが孤児だったころ』論——上海へのノスタルジーをめ

ぐって」『学苑　805』（昭和女子大学、二〇〇七年一一月）、pp. 21-31.
43. 野崎重敦「カズオ・イシグロの『遠い山なみの光』に見る日本人観」『愛媛大学法文学部論集　人文学科篇 24』（愛媛大学、二〇〇八年）、pp. 59-72.
44. 新井潤美「カズオ・イシグロのナラティヴと文化的アイデンティティ」『英語英米文学 48』（中央大学英米文学会、二〇〇八年二月）、pp. 83-98.
45. 長柄裕美「カズオ・イシグロの作品にみる粘着性――歴史からの切断と *Never Let Me Go*」『地域学論集　4 (3)』（鳥取大学地域学部、二〇〇八年三月）、pp. 393-408.
46. 高梨光子「〈信頼できない語り手〉による比喩世界――カズオ・イシグロの『日の名残り』」『日本大学大学院総合社会情報研究科紀要 9』（日本大学大学院総合社会情報研究科、二〇〇九年二月）、pp. 163-171.
47. 菅野素子「時代の足音、日没の歓声――カズオ・イシグロ *The Remains of Day* におけるウェイマス」『英文学 95』（早稲田大学英文学会、二〇〇九年三月）、pp. 1-12.
48. 坂口明徳「続・Ryder の行方――カズオ・イシグロ「日の暮れた村」考」『*Otsuma review* Vol. 42』（大妻女子大学英文学会、二〇〇九年七月）、pp. 21-33.
49. 菅野素子「時代の行方を見つめる視点――カズオ・イシグロ *When We Were Orphans* における作者の時代認識」『人文・自然・人間科学研究 22』（拓殖大学人文科学研究所、二〇〇九年一〇月）、pp. 1-13.
50. 金子清佳「カズオ・イシグロ『日の名残り』における記憶について」『恵泉アカデミア 14』（恵泉女学園大学、二〇〇九年一二月）、pp. 266-285.
51. （森川慎也）Morikawa, Shinya. "The fragility of life: Kazuo Ishiguro's worldview in *Never Let Me Go*."『言語情報科学 8』（東京大学大学院総合文化研究科言語情報科学専攻、二〇一〇年）、pp. 315-331.
52. 塚脇由美子「戦争責任の向こうに――カズオ・イシグロの *An Artist of the Floating World*」『関西英文学研究

4』（日本英文学会関西支部、二〇一〇年）、pp. 51-68.
53. 荘中孝之「カズオ・イシグロと長崎――記憶と想像の日本」『*Problemata mundi* 20』（京都外国語大学、二〇一一年）、pp. 12-30.
54. 野崎重敦「カズオ・イシグロの物語の手法について」『愛媛大学法文学論集　人文科学篇 30』（愛媛大学法文学部、二〇一一年）、pp.67-81.
55. 高梨光子「信用できない語り手によるメタフォリカルな世界――カズオ・イシグロの『日の名残り』」『日本大学大学院総合社会情報研究科紀要 11』（日本大学大学院総合社会情報研究科、二〇一一年二月）、pp. 361-367.
56. 武富利亜「カズオ・イシグロの初期二作品にみられる曖昧なエスニシティの境界線」『比較文化 8』（福岡女学院大学大学院人文科学研究科、二〇一一年三月）、pp. 139-230.
57. 二ノ宮靖史・二ノ宮寛子「英語文学教育における映像の活用――カズオ・イシグロ『日の名残り』を例に」『国学院大学北海道短期大学部紀要 28』（国学院短期大学、二〇一一年三月）、pp. 39-52.
58. 立田敦子「ひと　カズオ・イシグロ」『すばる 33（5）』（集英社、二〇一一年五月）、pp. 250-253.
59. 加藤典洋「ヘールシャム・モナムール――カズオ・イシグロ『わたしを離さないで』を暗がりで読む」『群像 66（5）』（講談社、二〇一一年五月）、pp. 155-165.
60. 大谷いづみ「臓器提供を「訓育」する装置？　カズオ・イシグロ『わたしを離さないで』を「豚のPちゃん」の教育実践とともに読み解く」『立命館産業社会論集　47（1）』（立命館大学産業社会学部、二〇一一年六月）、pp. 237-258.
61. 金森修「〈公共性〉の創出と融解　カズオ・イシグロ『わたしを離さないで』」『現代思想 39（9）』（青土社、二〇一一年七月）、pp. 86-89.

62. 武富利亜「カズオ・イシグロの *A Pale View of Hills* に沁みいる『山の音』」『比較文化研究 99』（日本比較文化学会、二〇一一年一一月）、pp. 167-178.
63. 川口淑子「カズオ・イシグロのゴシック・モードとハイアート」『異文化の諸相 33』（日本英語文化学会、二〇一二年）、pp. 17-26.
64. （武富利亜）Taketomi, Ria. "The Meaning of Having Memories for Kazuo Ishiguro: Regarding the Metaphor of a 'Childhood Bubble'."『*Comparatio* 16』（九州大学大学院比較社会文化研究科比較文化研究会、二〇一二年）、pp. 26-39.
65. 荘中孝之「カズオ・イシグロ　〈日本〉と〈イギリス〉の間から」『比較文学 540（0）』（日本比較文学会、二〇一二年）、pp. 169-172.
66. 深沢俊「カズオ・イシグロの〝人間の情況〟意識——『わたしを離さないで』から現れ出るもの」『人文研紀要 74』（中央大学人文科学研究所、二〇一二年）、pp. 1-18.
67. 荘中孝之「長崎から世界へ——カズオ・イシグロの日本性と無国籍性（AALA フォーラム特集　日系文学研究の広がりゆく地平）」『AALA journal 18』（アジア系アメリカ文学研究会、二〇一二年）、pp. 1-11.
68. 安藤和弘「『わたしを離さないで』における語りの技法——カズオ・イシグロ小論」『人文・自然研究 6』（一橋大学、二〇一二年三月）、pp. 4-55.
69. 大山るみこ「言語化されないことの意味——カズオ・イシグロ *A Pale View of Hills* におけるテクストの「空白」を考察する」『文体論研究 58』（日本文体論学会、二〇一二年三月）、pp. 1-18.
70. 矢次綾「カズオ・イシグロと歴史——『浮世の画家』と『日の名残り』」『言語文化研究 32（1-2）』（松山大学総合研究所、二〇一二年九月）、pp. 287-298.
71. 中村晴香「複製の未来——Ishiguro の *Never Let Me Go* 分析」『英語英米文学論輯　京都女子大学大学院文学

研究科研究紀要 12』（京都女子大学、二〇一三年）、pp. 31-43.
72. 阿部曜子「文学再生装置としての映画（その一）　カズオ・イシグロの場合」『四国大学紀要　人文・社会科学篇 39』（四国大学、二〇一三年）、pp. 1-10.
73. 武富利亜「カズオ・イシグロの『わたしたちが孤児だったころ』の意味するもの――バンクスが語らないものと比喩の解釈を中心に」『日本英語英文学 23』（日本英語英文学会、二〇一三年）、pp. 29-53.
74. 武富利亜「カズオ・イシグロの『遠い山なみの光』における「悲哀」の正体」『*New perspective* 44（2）』（新英米文学会、二〇一三年）、pp. 28-38.
75. 長柄裕美「カズオ・イシグロ作品における子どもの役割」『神戸英米論叢 27』（神戸英米学会、二〇一三年）、pp. 1-18.
76. 武富利亜「カズオ・イシグロの作品における父親――*The Unconsoled* を中心に父子関係と祖父孫関係を比較して」『比較文化研究 109』（日本比較文化学会、二〇一三年一一月）、pp. 149-159.
77. 髙野吾朗「カズオ・イシグロはなぜ「復興」にこだわり続けるのか――初期の長編二作品を中心に考える」『原爆文学研究 12』（花書院、二〇一三年一二月）、pp. 136-170.
78. 三村尚央「カズオ・イシグロの作品における個人の価値を表現（perform）するものとしてのアート」『*New perspective* 45（2）』（新英米文学会、二〇一四年）、pp. 17-26.
79. 垣口由香「「インターナショナルな作家」としてのカズオ・イシグロの役割――『日の名残り』におけるスティーブンスの「職業的役割」から」『言語文化研究 13』（静岡県立大学短期大学部静岡言語文化学会、二〇一四年三月）、pp. 47-55.
80. カッスート、ミチヨ・Y「素敵な隣人カズオ・イシグロ」『新潮 45　33（8）』（新潮社、二〇一四年八月）、pp. 170-177.

81. 武富利亜「カズオ・イシグロと小津安二郎」『比較文化研究 114』（日本比較文化学会、二〇一四年一二月）、pp. 143-154.
82. 倉田賢一「『浮世の画家』における抹消された天皇」『人文研紀要 82』（中央大学人文科学研究所、二〇一五年）、pp. 95-103.
83. （武富利亜）Taketomi, Ria. "'Father' in Kazuo Ishiguro's Novels: a Comparison of a Father-and-Child Relationship and Grandfather-and-Grandchild Relationship Focusing on *The Unconsoled*."『*Comparatio* 19』（九州大学大学院比較社会文化研究科比較文化研究会、二〇一五年）、pp. 4-17.
84. 加藤典洋「想像力にも天地があること、カズオ・イシグロの小説——敗者の想像力（第一回）」『Kotoba 多様性を考える言論誌 19』（集英社、二〇一五年）、pp. 142-147.
85. 河内恵子「カズオ・イシグロ論を書けない私」『三田文学〔第三期〕 94（122）』（三田文学会、二〇一五年）、pp. 235-239.
86. 山田雄三「翻案の諸相と翻案者の意図——シェイクスピア、昭和の邦画、カズオ・イシグロを例として」『*Profectus* 21』（武庫川女子大学大学院英語英米文学専攻研究会、二〇一五年）、pp. 99-111.
87. 大井田義彰「カズオ・イシグロの国で」『現代文学史研究 22』（現代文学史研究所、二〇一五年六月）、pp. 65-69.
88. 倉本さおり「真実はいつだって茫漠とした荒野の上にある——『忘れられた巨人』」『週刊　金曜日 23（26）』（金曜日、二〇一五年七月）、p. 54.
89. 武富利亜「カズオ・イシグロの *Never Let Me Go* の小説と映画を比較して」『比較文化研究 119』（日本比較文化学会、二〇一五年一二月）、pp. 159-170.
90. 荘中孝之「聖書を参照するカズオ・イシグロ」『研究論叢 87』（京都外国語大学国際言語平和研究所、二〇一六年）、pp. 123-135.
91. （森川慎也）Morikawa, Shinya. "Kazuo Ishiguro in Interviews: The Structures of Idealism and Nostalgia."『山形大学紀要 18（3）』（山形大学、二〇一六年三月）、pp. 55-83.
92. （ホドソン、リチャード）Hodson, Richard. "The Ogres and the Critics : Kazuo Ishiguro's *The Buried Giant* and the battle line of fantasy."『西南学院大学英語英文学論集 56（2・3）』（西南学院大学学術研究所、二〇一六年五月）、pp. 45-66.
93. 原英一「カズオ・イシグロの文学――マジック・リアリズムと沈黙の語り」『東京女子大学比較文化研究所紀要 78』（東京女子大学比較文化研究所、二〇一七年）、pp. 41-57.
94. 大貫隆史「リアリズム〈運動〉、その擁護と拒絶――リアリズムの書き手（ライター）としてのカズオ・イシグロとレイモンド・ウィリアムズ」『商学論究 64（6）』（関西学院大学商学研究会、二〇一七年三月）、pp. 165-181.
95. 新井英夫「カズオ・イシグロ『日の名残り』における自己物語――なぜスティーブンスは旅に出たのか」『松山大学論集 29（1）』（松山大学総合研究所、二〇一七年四月）、pp. 273-298.
96. ジョイス、コリン「カズオ・イシグロをさがして」『*Newsweek* 32（39）』（CCCメディアハウス、二〇一七年一〇月）、pp. 32-33.

執筆者について——

小池昌代（こいけまさよ）　一九五九年、東京都生まれ。津田塾大学国際関係学科卒業。詩人、小説家。詩集に、『永遠に来ないバス』（思潮社、一九九七年）、『もっとも官能的な部屋』（書肆山田、一九九一年）、『コルカタ』（思潮社、二〇一〇年）、小説に、『感光生活』（筑摩書房、二〇〇四年）、『タタド』（新潮社、二〇〇七年）、『悪事』（扶桑社、二〇一四年）などがある。

阿部公彦（あべまさひこ）　一九六六年、横浜市生まれ。ケンブリッジ大学大学院博士課程修了。Ph. D. 東京大学准教授（英米文学）。主な著書に、『英語文章読本』（研究社、二〇一〇年）、『文学を〈凝視する〉』（岩波書店、二〇一二年）、『善意と悪意の英文学史——語り手は読者をどのように愛してきたか』（東京大学出版会、二〇一五年）などがある。

平井杏子（ひらいきょうこ）　一九四六年、長崎市生まれ。昭和女子大学英文科卒業。昭和女子大学名誉教授（英文学）。主な著書に、『アイリス・マードック』（彩流社、一九九五年）、『アガサ・クリスティを訪ねる旅——鉄道とバスで回る英国ミステリの舞台』（大修館書店、二〇一〇年）、『ゴーストを訪ねるロンドンの旅』（大修館書店、二〇一四年）、『カズオ・イシグロ——境界のない世界［新版］』（水声社、二〇一七年）などがある。

中川僚子（なかがわともこ）　一九五七年、広島市生まれ。津田塾大学大学院文学研究科博士後期課程満期退学。聖心女子大学教授（イギリス文学・文化）。主な著書に、『日常の相貌——イギリス小説を読む』（水声社、二〇一一年）、『〈日本幻想〉——表象と反表象の比較文化論』（共著、ミネルヴァ書房、二〇一五年）などがある。

遠藤不比人（えんどうふひと）　一九六一年、東京都生まれ。慶應義塾大学大学院文学研究科博士課程満期退学。博士（一橋大学）。成蹊大学教授（イギリス文学・文化、文化理論)。主な著書に、『死の欲動とモダニズム――イギリス戦間期の文学と精神分析』(慶應義塾大学出版会、二〇一二年)、『情動とモダニティ――英米文学/精神分析/批評理論』(彩流社、二〇一七年)などがある。

新井潤美(あらいめぐみ) 一九六一年、東京都生まれ。東京大学大学院総合文化研究科博士課程単位取得退学。博士(東京大学)。上智大学教授(英文学、比較文学)。主な著書に、『執事とメイドの裏表――イギリス文化における使用人のイメージ』(白水社、二〇一一年)、『魅惑のヴィクトリア朝――アリスとホームズの英国文化』(NHK出版、二〇一六年)、『パブリック・スクール――イギリス的紳士・淑女のつくられかた』(岩波書店、二〇一六年)などがある。

藤田由季美(ふじたゆきみ) 一九六七年、さいたま市生まれ。立教大学大学院文学研究科博士後期課程単位取得満期退学。早稲田大学講師(英文学)。主な著書に、『〈食〉で読むイギリス小説』(共著、ミネルヴァ書房、二〇〇四年)、『英語文学事典』(共著、ミネルヴァ書房、二〇〇七年)などがある。

木下卓(きのしたたかし) 一九四七年、香川県三豊市生まれ。立教大学大学院文学研究科博士課程満期退学。愛媛大学名誉教授(英語文学、イギリス文化論)。主な著書に、『ガリヴァー旅行記――シリーズもっと知りたい名作の世界』(編著、ミネルヴァ書房、二〇〇六年)、『旅と大英帝国の文化――越境する文学』(ミネルヴァ書房、二〇一一年)などがある。

岩田託子(いわたよりこ) 一九五八年、堺市生まれ。津田塾大学大学院文学研究科博士課程単位取得満期退学。中京大学教授(英語・英米文学)。主な著書に、『イギリス式結婚狂騒曲――駆け落ちは馬車に乗って』(中央公論新社、二〇〇二年)、『ヨーロッパ読本 イギリス』(共著、二〇〇七年)、『図説 英国レディの世界』(共著、二〇一一年、ともに河出書房新社)などがある。

武井博美(たけいひろみ) 一九六六年、東京都生まれ。フェリス女学院大学大学院人文科学研究科博士後期課程単位取得満期退学。博士(文学)。横浜創英大学教授(英文学)。主な著書に、『ゴシックロマンスとその行方――建築と空間の表象』(彩流社、二〇一〇年)、『旅にとり憑かれたイギリス人』(共著、ミネルヴァ書房、二〇一六年)などがある。

＊　本書は、『水声通信26／カズオ・イシグロ特集』（二〇〇八年十一月刊）の特集部分を書籍化したものです。書籍化にあたって、若干の加筆、訂正が加えられている論考もあります。また巻末の書誌については、二〇〇八年以降の文献等を追加していただきました。

（編集部）

カズオ・イシグロの世界

二〇一七年一二月一五日第一版第一刷印刷　二〇一七年一二月二〇日第一版第一刷発行

著者――小池昌代＋阿部公彦＋平井杏子＋中川僚子＋遠藤不比人＋
新井潤美＋藤田由季美＋木下卓＋岩田託子＋武井博美

装幀者――宗利淳一

発行者――鈴木宏

発行所――株式会社水声社
東京都文京区小石川二―七―五　郵便番号一一二―〇〇〇二
電話〇三―三八一八―六〇四〇　ＦＡＸ〇三―三八一八―二四三七
［**編集部**］横浜市港北区新吉田東一―七七―一七　郵便番号二二三―〇〇五八
電話〇四五―七一七―五三五六　ＦＡＸ〇四五―七一七―五三五七
郵便振替〇〇一八〇―四―六五四一〇〇
URL : http://www.suiseisha.net

印刷・製本――精興社

ISBN978-4-8010-0318-7

水声文庫

制作について　淺沼圭司　四五〇〇円
宮澤賢治の「序」を読む　淺沼圭司　二八〇〇円
昭和あるいは戯れるイメージ　淺沼圭司　二八〇〇円
物語るイメージ　淺沼圭司　三五〇〇円
平成ボーダー文化論　阿部嘉昭　四五〇〇円
幽霊の真理　荒川修作・小林康夫　三〇〇〇円
アメリカ映画とカラーライン　金澤智　二八〇〇円
ロラン・バルト　桑田光平　二五〇〇円
危機の時代のポリフォニー　桑野隆　三〇〇〇円
小説の楽しみ　小島信夫　一五〇〇円
書簡文学論　小島信夫　一八〇〇円
演劇の一場面　小島信夫　二〇〇〇円
零度のシュルレアリスム　齊藤哲也　二五〇〇円
実在への殺到　清水高志　二五〇〇円
マラルメの〈書物〉　清水徹　二〇〇〇円
美術館・動物園・精神科施設　白川昌生　二八〇〇円
西洋美術史を解体する　白川昌生　一八〇〇円
贈与としての美術　白川昌生　二五〇〇円
美術、市場、地域通貨をめぐって　白川昌生　二八〇〇円
戦後文学の旗手中村真一郎　鈴木貞美　二五〇〇円
シュルレアリスム美術を語るために　鈴木雅雄・林道郎　二八〇〇円
サイボーグ・エシックス　高橋透　二〇〇〇円
（不）可視の監獄　多木陽介　四〇〇〇円
黒いロシア白いロシア　武隈喜一　三五〇〇円
魔術的リアリズム　寺尾隆吉　二五〇〇円
桜三月散歩道　長谷邦夫　三五〇〇円
マンガ編集者狂笑録　長谷邦夫　二八〇〇円
マンガ家夢十夜　長谷邦夫　二五〇〇円
未完の小島信夫　中村邦生・千石英世　二五〇〇円
転落譚　中村邦生　二八〇〇円
オルフェウス的主題　野村喜和夫　二八〇〇円
越境する小説文体　橋本陽介　三五〇〇円
ナラトロジー入門　橋本陽介　二八〇〇円
カズオ・イシグロ　平井杏子　二五〇〇円
「日本」の起源　福田拓也　二五〇〇円
〈もの派〉の起源　本阿弥清　三二〇〇円
太宰治『人間失格』を読み直す　松本和也　二五〇〇円
現代女性作家論　松本和也　二八〇〇円
川上弘美を読む　松本和也　二八〇〇円
ジョイスとめぐるオペラ劇場　宮田恭子　四〇〇〇円
魂のたそがれ　湯沢英彦　三二〇〇円
金井美恵子の想像的世界　芳川泰久　二八〇〇円
歓待　芳川泰久　二二〇〇円

［価格税別］